【文庫クセジュ】

二十世紀フランス小説

ドミニク・ラバテ著
三ッ堀広一郎訳

Que sais-je?

白水社

目次

序論　小説の野心

変幻自在にかたちを変えるジャンルであり、おそらくは明確な定義をいっさい撥《は》ねつけてしまう小説は、二十世紀中、いくたびも死んだと言われてきたが、めざましい活力を示すことも一再ならずあった。小説というものが成功を勝ち得ているにせよ、そこには逆説がつきまとう。小説は、その領域を絶えず広げていく形式であって、出版物の大半を占めている。またその読者といっても、大部数の大衆向け読み物を手に取る者からきわめて実験的な試みに関心を寄せる限られた文化的エリートにいたるまでの、実に多様な層が混在しているのである。一世紀間にわたって生みだされてきた膨大な数の作品のありようを見定めようとするとき、この点はぜひ確認しておかなければならない。この一世紀間、小説こそが時代の好尚にかなった文学表現の様式だった。小説は、ほかのジャンルをすべて押しつぶしてしまったのだろうか。小説は、それ自身の氾濫によって脅かされているのだろうか。小説は、見かけの健康の下に死を隠していて、ゆくゆくは映画なりテレビなりに隷属することを運命づけられた形式なのだろうか。これらの問いにあっさりと答えを出す前に、躊躇するのはもっともなことであるにちがいない。こうした問いこそが、二十世紀の小説の酵母となってきたのであり、小説の不安の種にして蘇生の原理ともなってきたのだから。

目にもあらわなこのような逆説は、小説全般について言えることではある。だが、たぶんフランスでこそ、この逆説はいっそう鮮明な様相をまとう。フランスでは、理論闘争がいつも特別な位置を占めてきたのだし、ある種の作家たちは（幾人かの名を挙げるにとどめると、ジッドやマルローやサルトルは）知的舞台の前面に立ってきたのだ。他のどこにもまして、フランスにおける小説の歴史を区切り、揺り動かし、つくりあげているのは、小説ジャンルの正統性をめぐる論争、流派内部での異端排斥、虚構を創造したり紙の世界を築きあげたりといった、もとより怪しげであるほかない活動の糾問といったものなのである。十九世紀にも、たしかにこの種の核心的な論争が巻き起こりはした。だが二十世紀の小説は、スタンダールがその到来を予感していた「疑念の時代」とどうやら不可分であるようだ。つまり二十世紀という「疑念の時代」にあって、小説の生は（小説とは、予見不可能な不死鳥《フェニックス》のごとく、死んでは灰のなかからよみがえる）、もっぱら問題提起から成り立っている。小説のさまざまな形式上の変化に意味をあたえ、またそうした変化を誘発する問題提起から成り立っているのである。

使われる技法が多様であり、扱われるテーマや描かれる世界が広がりをもっていることは、すぐさま目につく。小説というジャンルは境界をもたず、きわめて可塑性に富んでいるおかげで、もろもろの規範化された形式などよりも、現代性《モデルニテ》の特徴である表象の危機に柔軟な対応を見せてきた。種々さまざまな声を迎え入れ、文学的な言葉づかいも俗語もひとしく駆使し、独言や日記や対話の形式を思いのままに吸収し、新聞の切り抜き、歴史資料や科学概論からの引用を織りまぜ、時代のイデオロギー上の大論争を反映しつつも自身のありようをみずから映しだしてみせる。こうした特徴をもつ現代の小説は、十九世紀に組みあげられたリアリズムの表象の枠組みを破砕してしまった。こうした柔軟性のゆえに小説は、技術と速度と暴力の時代にあって、絶えず変容する世界の複雑な様相を表現するのに特別ふさわしい形式なのである。

何よりもこの点こそ、私が強調しておきたいことである。すなわち、バルザックやフロベールやゾラと同様、だが彼らとは別のやり方で、二十世紀の小説家たちは全体性を表現しようと腐心しているのである。プルーストは全体性を、〈時間〉という形式そのものによって表現しようとするのだし、ペレックになると、パリのとある集合住宅の住人全員の生活を、パズルのように組み立てていこうとする。どうやら小説には、どんなことも可能であるようだ。もろもろの言説を寄せ集めもし、精神現象の影の領分を照らしもし、歴史の蠢動を描きだしもし、といった具合に、どんなことも可能であるようなのだ。小説の野心とその領域には際限がないのである。こんなふうに小説がなんでも呑み込みうるということは、小説が背負うリスクでもある。人文科学のめざましい飛躍や、エッセイに向けられた熱い関心にうかがわれるのは、小説以外のさまざまな形式も、現在の世界のありようを表現する手段として、さほどつまらなくもないし当てにならなくもないと思われている、ということだ。こうして小説の目論見に対して異議を差し挟まれ、また幻想をあたえるという小説の力に対して小説みずから異を唱えるとなると、現代の小説は、自身の規則を絶えずつくり直していなければならなくなる。

こうした豊かな眺望を前にして、本書がわずかな紙幅で提示できるのは、若干の展望のみである。複雑かつ流動的な風景の、主要な力線をたどることしかできないのだ。知られるように、対象の記述はいかなるものであっても観察者の位置取りに左右される。つまり客観的な見方などありえないのだから、私は客観性をめざすつもりはない。フランス小説の地誌は、たとえ過去の作品に関してであれ、けっして不変ではありえない。たとえばプルーストの山塊は、二十世紀の批評家たちから見てどれほど高さを変えてきたことか。この事例に思いを致すだけで、時代の嗜好に応じて土地の起伏も変わりうることがわかる。主観から眺める危うさは、事がごく最近のことに及べばなおのこと膨らんでいくので、主観に立つときはあくまでも謙虚にふるまわなければならない。距離を置いて眺めるのでなければ、意義ぶかい小説を確信をこめて選びだすことはできないはずだし、考えてみれば、作者の死後に出版されたり現在まだ知られていなかったりするテクストが将来、当代の偉大な小説に数えあげられることもありうる話ではないか。簡単ながら私が今から示そうとするパノラマは、二十世紀末のある種の読者層の動向を否みがたく反映している。その読者層は、固有の筋道をたどる形式および観念の歴史に依拠して、価値判断を多様化させようとする。私が描く図式は部分的なものだろうし、あらかじめ時代の刻印をおされてもいるだろう。しかしそれが、小説を愛好する読者のための最初のものさしとなってくれるよう願っている。

本書がやむなく採ることになった方針について、少しばかり述べておくことにしよう。まずは作品の選択に関わることだが、学校教育や講壇批評のあり方に合わせ、いわゆる「重要な小説家」の作品を採りあげた。つまり事実上《デ・ファクト》、日常の消耗品的な小説の大半は割愛した。平易な文学だからといって軽視してよいわけではないが、文化的記憶からすぐに消え去るのは、そうした小説なのである。読書に関する社会学的研究が、その種の作品を扱うべきだろう。二十世紀フランス小説のたぐいまれなる活力が、作品の取捨選択を迫ったということもある。SF小説や歴史小説や推理小説といったジャンルについては、その出版点数に比してごくわずかな作品しか挙げることができないだろう。本書は歴史的な観点を採ることにしたので、小説を下位ジャンルに分けて考えるよりは、むしろ時代の動向に重点を置くことになる。

あらかじめ断わっておきたいが、本書が扱うのはフランスの小説であって、フランス語で書かれた小説ではない。EUとグローバリゼーションの時代にあって、このような限定を不愉快に思う読者もいるかもしれない。本書がこういうかたちで領域を限定する（とはいえ、広大な領域ではある）のは、フランス国内で刊行された文学作品のほうに高い価値があるからではなく、実り豊かな発展をみせているフランス語圏諸国の文学は別個に扱うべきものであるからだ。共通言語たるフランス語の遺産を豊かならしめているフランス語圏の小説は、その固有の論理に従って検討する必要がある。

説明の便宜上、本書は一種の年代記的な構成を採るが、テーマ順や世代順に従うわけではない。本質的に歴史と結びついたジャンルを対象とするので、二十世紀という時代が小説に課した数々の問いを、大きく三つの時期に分けて配列してみようと思う。現代史のおおかたの専門家にならって、二十世紀が本当の意味で始まるのは第一次世界大戦を迎えてからだと考えた場合、本書の時期区分によって、三つの契機を強調することができる。だからプロローグでは、小説の危機を背景とした世紀初頭の状況を足早に提示することになるだろう。危機なるものは、小説というジャンルを考える際の常套句になるわけだが、逆説的ながら、その発展の原動力にもなるのだ。第一次大戦によって大変動が起こったこと、戦前の問いに対して新手の技法という答えが現われたことによって、一九一四年から一九四〇年にかけての時期、小説はみごとに花開く。第二次大戦後の風土、つまりイデオロギーが硬直化する時代は、小説を小説本来のものとは別種の議論へと導いていくと同時に、リアリズムの擬制に対する根底的な批判が繰りひろげられ、ヌーヴォー・ロマンがそうした批判を明確なかたちにする時代だ。七〇年代にはある種の息切れが感じられるようになる。この時期に、大きなイデオロギーの崩壊がみられるのは偶然ではない。物語《レシ》があらためて世界を語る場、個人ないしは集団の経験を語る場になるのだが、以前よりも控えめな体裁をまとって、さもなければ遊戯の体裁をまとって、そうなるのである。

プロローグ　危機のジャンル（一九〇〇～一九一三年）

『小説の危機――自然主義以後から一九二〇年代へ』というミシェル・レモンの著書〔巻末参考文献【20】参照〕のタイトルには、二十世紀初頭の状況が端的に示されている。作家も批評家もなんらかの刷新の気配をうかがいながら気を揉んでいるものの、刷新そのものはなかなか訪れず、彼らにとってフランス小説は気息奄々《えんえん》といった体なのである。当時は、二つの伝統が衰退しつつあると思われている。つまり一方では、現実をありのままに描こうとするゾラ流の自然主義小説のたくらみが限界を露呈し、そうしたたくらみを支えていた決定論的世界観にも人びとは辟易している。自然主義の限界を乗り越えるために、ゾラみずから神話的な小説世界をつくりだす必要があった。他方で心理分析小説は、社会的ステレオタイプで切り分けられた世界から抜け出せずにいる。十九世紀末文学のすぐれた批評家でもあるポール・ブールジェは、「実験的方法」の継続をこころみるが、彼の描く世界は上層ブルジョワに限定されており、またカトリックの思想家としての復古的な信念のせいで、その作品はいかにも鬱陶しい教訓的色彩を帯びるようになっていく。

はっきり言っておかなければならないが、この時期の小説の大半はずいぶんと古びてしまった。最も顕著な例は、一九二一年にノーベル文学賞を受賞したアナトール・フランスである。当時の彼はフランス文壇の大御所だった（それゆえシュルレアリストは一九二四年に、彼を誹謗する激越な文書を発表した）のに、今ではもうほとんど読まれなくなっている。『神々は渇く』（一九一二年）は、フランス革命期の恐怖政治を描いて、その行き過ぎを指弾している。この小説の説く慎重さと中庸の徳は、世紀初頭の穏健中道左派の価値観を集約しているように見える。アナトール・フランスは表向き平和主義と寛容を謳ってはいるものの、ベル・エポック期のフランスが抱いている恐れ、現代の傾向《モデルニテ》に対する恐れを映しだしているのである。ドレフュス事件で激しく動揺したとはいえ、フランス社会は見せかけの充足感にあいかわらず凝り固まっている。だが、この充足感の裏側には多くの亀裂が走っている。植民地帝国の伸張は、ヨーロッパ列強どうしの軋轢を激化させていく。コンブ〔反教権派の首相で、一九〇四年に政教分離法を上程〕の反教権的政策が覆い隠していた真の対立は、一九〇七年にラングドック地方のワイン生産地で、一九〇八年にはドラヴェイユで、激しく火を吹く〔いずれも大規模な労働争議〕。一九一四年の戦争は、揺るぎない文明の理想の護持者たることを自認して惰眠をむさぼっていた社会に襲いかかり、深部に巣食っていた社会不安を結果としてあぶりだすことになる。のちに触れることにするが、マルタン・デュ・ガールやギユーの筆になる戦後の小説には、こうした既成価値の危機が描かれ、暴かれているのである。

一八八〇年代の若者たちは、もはや小説というものを信じなくなっている。ジュール・ルナールも初期のバレスも、小説は鈍重な形式、言わずもがなのことを述べたて、単純すぎる印象しかあたえない形式だと感じている。ヴァレリーは『テスト氏との一夜』で、ジッドは『パリュード』で、反小説《アンチロマン》というべきものを書く。シュオッブは掌編《コント》によって、詩的散文にいっそうの暗示と神秘とを込めようとするが、これは象徴派の望みをかなえているものかもしれない。小説に向けられたこうした軽蔑の念は、やがて登場するシュルレアリストたちにまで及んでおり、最も革新的な人びとの旗印であったことはまちがいない。ミシェル・レモンは、これら数々の小説批判を並べてみせたわけだが、その主要な論点を手短にまとめておこう。

まず描写が、物語を渋滞させ窒息させるということ、さらには想像力を封殺するということ。写実的描写に対するこの種の嫌悪は、『シュルレアリスム宣言』のなかでブルトンがあらためて述べることになる。それから小説が浮かびあがらせる因果律は、あまりに単純かつ機械的なものに見えてくるということ。だからヴァレリーは、「公爵夫人は五時に外出した」という文を、小説ジャンルそのものの素朴な恣意性を凝縮する文だと見なして嘲弄するのだ。小説に独創性や自由を吹きこむための趣向はいまだ見出されておらず、あらたな趣向がやっと実を結ぶのは二〇年代から三〇年代にかけての時期になってからである。

他方で、表象の枠組みそのものが変わりつつある。二つの名が、こうした枠組みの変化を集約的に示している。まずはフロイト。彼は精神分析を発明して、古びた心理分析の方法をまるごと時代遅れなものにする。ついでベルクソン。意識状態と自由の哲学者たるベルクソンは、生きられた時間の伝統的な表象の仕方に疑義を呈する。こうした理論上の革命が起こると、矛盾をはらんだ心理の複数性を言い表わし、不連続な瞬間を持続の相において述べることのできる小説形式が待ち望まれるようになる。プルーストの作品は、まだ構想段階にとどまっているにすぎない。

かくしてフランス小説は、「危機」を乗り越えることができないのではないかと思われてくる。小説の三つの主たる使命、つまり世界のありようを目のあたりにさせ、魂の深淵を照らしだし、冒険を夢見させる、という三つの使命において、フランス小説はほかのヨーロッパ諸国の文学に圧倒的な力の差を見せつけられる。ほかのヨーロッパ文学にくらべてみるとき、当時のフランスにおける小説の衰弱がなおのこと際だってくるのだ。ロシアやイギリスの小説を賞賛することは、だからフランスの作品をきびしく批判することにつながってくる。ドストエフスキーやトルストイは、これまでにない法則に従う世界を創造する文豪に見えてくる。彼らの作品は、ド・ヴォギュエの翻訳によって世紀末には一般に普及するようになっていたが、とくにジッドは、ドストエフスキーの道徳・哲学上の問いの深さに熱狂する。同様にしてイギリス文学の領域では、コンラッドが斬新な心理描写と、スティーヴンソンの伝統を受けついでいてフランスには類例のない冒険小説とを融合させていると考えられるようになる。「冒険小説」という呼び名そのものは、マルセル・シュオッブとジャック・リヴィエールの関心の中心にあるものだ。とくにジッドとともに『N・R・F』〔*La Nouvelle Revue Française*『新フランス評論』〕誌を取り仕切るリヴィエールは、ほかならぬ「冒険小説」をタイトルに冠した重要な評論を一九一三年に発表し、詩想豊かで自由奔放な、危険と発見に対する嗜好をあらためて抱かせるような新しい小説の登場を呼びかける。「冒険小説」の綱領は、リヴィエールの義兄であるアラン＝フルニエの『グラン・モーヌ』が部分的に具体化することになる。

というわけで一九一三年が、いかなる点でフランス文芸史における正真正銘の転換の年であるかがわかる。この年に、『失われた時を求めて』の冒頭部と『グラン・モーヌ』が出版され、思いがけぬ刷新の最初のきざしが現われるのである。同じ年に出版されたアポリネールの詩集『アルコール』を付けくわえるなら、一九一三年の泡立ちがいかほど激しかったかがわかろうというものだ。さらに第一次大戦が、こうした泡立ちを沸騰状態へと至らしめることになる。つまりは、歴史的にも文学的にも十九世紀と地続きの世紀初頭には、大きな流れはいっさい現われないわけだ。とはいえ、ベル・エポックを支配して当時は反響もはなはだ大きかった作品に触れておかないのは不当というものだろう。政治的にはアナトール・フランスの対極に位置するモーリス・バレスは、フランスの保守的な右派の大御所であり、個人のエネルギーと抒情的な祖国愛を讃える思想的指導者である。バレスは一九〇二年に『根こぎにされた人びと』の第三巻を出版し、首都パリの人工的世界に呑み込まれたロレーヌ地方出身の七人の若者の悲痛な運命を描いて、バルザック的小説への華々しい回帰を果たす。『霊感の丘』（一九一三年）は、バイヤール三兄弟、公認の教会権力とたたかう司祭三兄弟の物語である。明快なリズムを刻む散文によってバレスが伝える抒情の息吹には、世界を悲劇的なものと見る感覚が宿っている。

娯楽文学の分野では、ロニー兄弟が大衆の人気を博す。ロニー兄の最も有名な作品は『火の戦争』〔邦題は『人類創世』〕（一九一一年）である。これは先史時代を描く一種の叙事詩で、穴居人たちの世界を想像力豊かに再現してみせている。さらに大衆的な小説のなかから、三人の神話的人物も挙げておかなければならない。一九〇七年に登場した、モーリス・ルブランの「怪盗紳士」アルセーヌ・ルパン。ガストン・ルルーの『黄色い部屋の謎』（一九〇八年）や『黒衣婦人の香り』（一九〇九年）で、解決困難な謎を解き明かす炯眼の探偵ルルタビーユ。そして天才的犯罪者ファントマは、二人のジャーナリスト、マルセル・アランとピエール・スヴェストルの筆になる一連の冒険譚のヒーローである。一九一一年から一九一三年にかけて、ファントマの悪事の数々を物語る冒険譚が三二巻にわたって刊行される。のちのちシュルレアリストたちは、この物語に、民衆に根ざした現代的な想像力の達成を見ることになる。

第一次大戦後の小説のめざましい発展のひとつを先取りするかたちで、ロマン・ロマンは「大河小説」なる呼称を考案し、その手法をいわば試験的に用いている。人類愛に心を砕く知識人ロマン・ロランは、一九〇四年から一九一二年にかけて、芸術家を主人公に据えた教養小説の大作『ジャン＝クリストフ』全一〇巻を刊行して、大戦前のヨーロッパの危機感、ドイツ、フランス、イタリアのあいだにくすぶる危機感を、一大絵巻に仕立てあげる。ジョルジュ・デュアメル、ジュール・ロマン、マルタン・デュ・ガールといった作家よりも前に、ロマン・ロランは一種の全体小説の実験を行ない、一大音楽作品のごときものができないかと夢想する。主人公の生涯をまるごと描きだすと同時に、ヨーロッパを襲う深甚な危機の前兆を読者に感じ取らせることができるような作品ができないものかと考えるのだ。

第一部　戦争から戦争（一九一四〜一九四〇年）

第一次大戦前、小説は活力を失った形式だと見なされることも多かったわけだが、二〇年代から三〇年代にかけて大きく花開き、小説の適応力、発想力、刷新力がはなはだ大きなものであることが示される。二〇年代と三〇年代の小説は、かつて小説に向けられた数々の批判に対して、皮肉とも言えるやり方で、逐一返答をよこしているように思われる。それらの返答は、三つの基軸にまとめることができる。第一部の各章は、その三つの軸に沿って構成されることになる。第一章は、時間をいかに表象するのかという問いに小説があたえるいくつもの答えに関心を向けることになるだろう。小説はこの問いに答えることで、小説というジャンルのおそらくは本質にほかならぬものを復活させるのである。

第一章　全体作品（時間と小説）

両大戦間期の特徴は、バルザックやゾラの野心となんら臆することなく張りあおうとする、大絵巻のごとき長大な小説がふたたび書かれるようになることだ。バルザックやゾラには同時代の世界をあまさず描き尽くそうという野心があったが、両大戦間期にも、全体に形をあたえるという課題に正面から取り組む作家たちがいて、彼らは刊行が十年にもわたる長大な作品の執筆をつづけるのである。こうした野心的な試みが、一九一四年の戦争を経たうえで現われるのは偶然ではない。第一次世界大戦は人文主義的教養の蹉跌を、つまりは人文的教養によってはあのような殺戮は防ぎえないことを証明したのだから。第一次大戦とは、前代未聞の結びつき方によって出来事が系列をつくりだす世界である。現代作家は、そのような複雑な世界をあらたな形式によって思考せざるをえなくなるのだ。

断片化した経験をひとつの全体にまとめるという要請には、何よりもまず、小説内で経過する時間をあやつる努力によって応えなければならない。個人および集団が経験する長きにわたる時間を読者に繰りひろげてみせ、多様な冒険を絵巻のように描きださなければならないのだ。かつてバルザックは、『人間喜劇』に一貫性をあたえるために〔事後的に〕人物再登場の手法を考えだしたわけだが、両対戦間期のある種の小説家たちは、当初から大長編として構想された作品の構築に取り組むことになる。書き手も読み手もこうして、ひとつの特殊な任務に向きあう。つまり、全体の構造を把握することが必須のこの種の小説の、エピソードごとの発展と刊行を、ともに乗り切っていかなければならないのである。だから要約、作中人物の索引、すでに起こった出来事の喚起といった手法が発展することになる。こうした工夫によって小説家は、話の内容を記憶しやすくしようとする。こんにちの読者はこうした大長編小説の全体を見渡すことができるが、忘れるべきでないのは、当時の読者が断片を組み合せるようにしてやっとその全体を把握することができたということで、そこにはさまざまな困難があったはずなのだ。

長大な連作小説を組織するやり方は、主として二つある。出来事を時系列にそって展開させる線条的構造をとるか、もしくは時間についての固有の理論を提示しながら、時間的にはより複雑な構造をとるかである。大長編小説には、だから二つの基本的なタイプがあると言えよう。ひとつには（ロマン・ロランの用語に従えば）「大河小説」があり、これはジョルジュ・デュアメルやマルタン・デュ・ガールなどの小説に見られるものである。もうひとつに「大聖堂小説」があって、プルーストの小説がその比類のないモデルになっている。

I　大河小説のほうへ

ロマン・ロランの作品に連なるかたちで、ジョルジュ・デュアメルは二作の連作小説を書いている。いずれも筋はひとりの中心人物をめぐって展開し、教養小説の枠組みを借りてそれを縦横に駆使するものだ。二作のうち一作目（一九二〇年から一九三二年にかけての刊行）は、『サラヴァンの生活と冒険』と題され、サラヴァンという名の人物をめぐって展開する。サラヴァンは臆病で慎重なモラリストだが、「リヨネクラブ」の陰謀に巻き込まれてしまう。『パスキエ家の記録』全一〇巻（一九三三〜四五年）は、一家の伝説《サガ》の体裁をとりながらも、中心人物たるローラン・パスキエに焦点が絞られ、不貞を重ねる父親に彼が苦しめられるさまが描かれる。この二作品は、叙述や文体の観点からはいまだ生彩を欠いており、こんにち忘れ去られているのもうなずける。

　ロジェ・マルタン・デュ・ガールの『チボー家の人々』はまったく別の広がりを示していて、一九三七年、作者にノーベル文学賞をもたらすことになった。この家族ものの生成過程には興味ぶかいところがある。というのもそこには、長い作品を書き継いでいくことの難しさと、執筆に時間を要するせいで当初の計画がこうむることになる変更とが示されているからだ。チボー家の兄弟二人の運命に焦点を絞って小説を書こうという考えがマルタン・デュ・ガールに訪れたのは一九二〇年のこと、小説のプランはすぐに練りあげられた。もともと小説は一九〇二年から四〇年にかけての時代を扱うはずだった。小説執筆の時点よりあとの時期のことも、予見して書く予定だったのである。最初の数冊が刊行されると、作者は当初考えていた図式に変更をくわえ、二つの部が響きあいを交わすようにして全巻を閉じることに決める。まずは、ジャック・チボーが悲劇的な最期を迎えるところで終わる「一九一四年夏」（一九三六年刊行）。ジャックは、平和を訴えるビラを撒くのに失敗したあと憲兵に撃ち殺されてしまう。他方「エピローグ」（一九四〇年刊行）は、ジャックの兄アントワーヌが一九一八年、戦争が終結を迎える時期に書いた幻滅の日記の体裁をとっている。こう見てくると、小説家は自分の考えを未来に投影することを断念して、連作の陰鬱な結末を、第二次世界大戦に先立つ混乱の時期と響きあわせるようにしたことがわかる。

　マルタン・デュ・ガールはこうして、プルーストの大胆な試みに対しては後退したところにいるものの、自身の壮大な企てを完遂する力は示しているのである。他方で、二つの結末を書くことで、彼は時代に対する悲劇的な見方を全体に行きわたらせている。『チボー家の人々』は戦前の世界を、父親が体現するその硬直した価値観を描きだしている。次男のジャックは、ブルジョワ的秩序に対して反抗しようとする。小説の第一部は、ジャックの感情教育をたどってみせる。アントワーヌのほうは、小児科医という職業を選び、病や死とたたかうことによって、より正当な価値を示すことができると考える。マルタン・デュ・ガールは医師を描くことを通じて、人間の行動の限界について、苦しみを介した友愛について考察をくわえている。アントワーヌ・チボーはこうして、現代小説の基本的人物の最初の例、すなわち医師が主人公になる最初の例のひとつになっている。医師とは、超越的存在に頼ることなく、〈悪〉に対して謙虚で懐疑的な闘いを挑む者である。こうした人物像は、セリーヌの小説における医師や、カミュの『ペスト』の主人公リウーにも見出すことができるだろう。

デュアメルやマルタン・デュ・ガールは、小説絵巻を直線的に展開することに重点を置くわけだが、この時期の最も記念碑的な大作『善意の人々』（一九三二年から一九四六年にかけて、なんと二七巻の大作として刊行された）を書いたジュール・ロマンは、自身が戦前に練りあげていた一体主義《ユナニミスム》の美学にあくまでも忠実である。彼は、視点の複数化や筋立ての断片化といった手法を駆使する。複数の筋は、たがいに交錯し呼応しあって音楽的な構成をめざしていくので、不連続でとりとめのない現実は、連続ドラマにも似たやり方で秩序づけられていく。多くの声部を大掛かりな管弦楽にまとめていくことを介して、ロマンは一九〇八年（第一巻は一九〇八年十月六日のパリにおける一日を物語る）から一九三三年にかけてのフランスの大絵巻を描きだす。『善意の人々』は特異な作品で、出来にむらがあるが、叙述の分裂ということからいえば、ドス・パソス〔二十世紀アメリカ文学を代表する作家。作品に『U・S・A』〕の小説を思い起こさせるところがある。また、直線的に筋を進めていくタイプの小説に対してやがて申し立てられることになる多くの異議を、徹底して形にしているわけではないにせよ、少なくとも予示してはいるのである。

Ⅱ　プルーストの大聖堂

一九一三年から一九二八年にかけて刊行された『失われた時を求めて』――プルーストは一九二二年に亡くなるので、最後の数巻は死後出版である――は、まちがいなく二十世紀フランス文学の金字塔である。プルーストはそこで、従来の小説のほとんどすべての潮流をみごとに綜合してみせている。すなわちこの作品は、芸術家の使命を主題とする小説、恋愛や社会のなんたるかを習いおぼえる過程が綴られた小説、心理分析小説、貴族階級の衰退を描く一大絵巻、詩的小説、これらすべての総和であると同時に、記憶と時間の役割についてあらたなヴィジョンを提示し、また長大なフィクションを繰りひろげるそのなかに、芸術作品の果たす機能についての理論を織り込んでいる。プルーストの企図の大きさ、その企図の疑いようのない達成は、別項をもうけて扱うに値する。「大聖堂」（という言葉を使って、プルーストはある手紙のなかで自身の企てを語っている）の規模がいかほどのものであるか、初期の読者がつかみそこねたこともあったし、じっさいジッドは一九一三年に、『スワン家の方へ』（『失われた時を求めて』の第一篇）をＮＲＦから出版するのを断わっているほどだ。だが作品のほうは徐々にその革新性を明らかにしていく。当初出版を断わったガリマール（フランスの代表的出版社ガリマール社の創立者）は自身の誤りを認めるし、一九一九年には『花咲く乙女たちの影に』（『失われた時を求めて』の第二篇）がゴンクール賞を受賞しもする。テクストそのものの正確な理解を得たい場合は、「プレイヤード叢書」から刊行された二つの重要な版を参照するとよい。二つの版というのは、クララとフェレの校訂で五〇年代に出されたもの、それから八〇年代にジャン＝イヴ・タディエが校訂責任者となって出した版である。これら二つの版の刊行年が示しているのは、『失われた時を求めて』が、時を経るにつれて重要な作品と見なされるようになっていったということである。現在では、批評家や研究者はこの作品を参照しないわけにはいかなくなっている。この作品が呼び起こしてきた、そしていまだに呼び起こしつづけている注釈の数の多さが、その証である。その意味で五〇年代以降の文学作品は、多少ともプルーストに対抗するような意図があった場合でも、プルーストを踏襲しながら書かれていると言って過言ではない。

はじめに、作品の生成過程について簡単に述べておこう。大ブルジョワの家庭に生まれ、芸術を愛好する趣味人であったプルーストは、一九一〇年代までは、いくつかの短編小説と、イギリスの美術批評家ラスキンについての研究を出版していたにすぎない。一八九六年から一九〇〇年にかけて執筆されて中途で放棄された原稿、のちの『失われた時を求めて』の初稿にあたる『ジャン・サントゥイユ』の原稿が見つかるのは、一九五二年になってからだ。この原稿には、かなめとなる要素がいくつか見られるものの、一人称による叙述という小説の鍵となる方策は採られていないし、美学上のヴィジョンにも広がりが欠けている。一九〇五年に母が亡くなってプルースト自身が喪の悲しみに沈んだことが、おそらく作品の熟成にあずかっている。一九〇九年を境に、プルーストは作品執筆に完全に身を捧げるようになり、迫りくる死の影と競うようにしながら、最期まで作品の練りあげにいそしむのである。

『失われた時を求めて』は、ひとりの人物が使命に目覚める物語である。作家になることを望んでいながら、作家にはなれないと絶望してもいる人物、主人公であり語り手でもある人物が、作家たる使命に目覚める物語なのだ。だからある意味で、マルセル・プルーストその人の物語がたどられているのであり、たしかに小説の題材は、自伝的要素からとられた部分も多い。とはいえ、語り手とプルーストを混同することはできないだろう。プルーストが『反サント＝ブーヴ論』なる評論集を書いて、作品を評するのに作者の伝記的事実に依拠する十九世紀の有名な批評家〔サント＝ブーヴ〕の流儀を、まさに迷妄として攻撃していることを考えると、なおのこと小説の語り手と作者のプルーストを混同するわけにはいかなくなる。プルーストにとって、文学が開示してみせるのは「深層の自我」であって、この「深層の自我」は、「社会的自我」とはほんの逸話的な関係しか持たないのである。この点で、使命に目覚めるまでの時間を延々と語る『失われた時』は、象徴派以降の重要な文学的潮流、つまりバレスやジッドがその代表となってきた潮流のなかに位置づけることができる。あるいは別の言い方をするなら、プルーストはそれまでに発見されていなかった方法を見つけだして、文学研究者のベルトラン、ビロン、デュボワ、パックがいみじくも名づけたところの「独身者小説」を書いたのである〔巻末参考文献【7】参照〕。「独身者小説」とはつまり、精神生活ないしは恋愛感情の紆余曲折を内面から語り、旧態依然たるリアリズムを拒否し〔プルーストはある手紙で、扉が開かれる場面を読者の目のあたりにさせることなど、自分はけっしてしないと自賛している〕、書かれつつある作品が当の作品のうちに自己反映的に映しだされるというようなテクストであるわけだが、プルーストの作品は、この種のテクストの特徴を存分にそなえている。しかもそういった特徴が、掛け値なしにロマネスクな世界と融合しているのだ。だが実際は、プルーストが小説を書くための、いわば「解決法」を見つけたのは、独自の語りの態勢を徹底させることによって、独自の発話状況を設定することによってだったのである。

作品ではじっさい、意識的に努力して幼年時代のいくつもの寝室を思い出そうとする場面にはじまり、有名なマドレーヌ菓子の挿話で一杯のお茶からコンブレーのいっさいが奇跡的によみがえる箇所にいたるまで、語り手の記憶が繰りひろげられるが、そうして記憶をあやつっている時点がいつのことなのか、時間のなかに位置づけられてはいない。『失われた時』は、ひとりの人物の主観を語る小説であって、独我論的とでもいうべきこの小説の特徴は、はっきりと目につくものだ。つまり、ある個人が世界にいかなるヴィジョンを抱いているかということに焦点が絞られているのである。そうしたヴィジョンは、あくまでも文学だけが的確に表現し、他者に伝達することができるものだ。こうした一人称の偏在、主観の覇権から、唯一まぬかれている部分が作品にある。それは第一篇に収められた「スワンの恋」で、ここだけは三人称で語られる。しかしスワンは、恋愛生活の面でも美的生活の面でも、主人公がやがてこうむる蹉跌を前もって示している人物である。オデット・ド・クレシーに対するスワンの恋が予備的な物語としての意味をもっているのは、年若い主人公が人生を送るなかで、その物語がいつでも予告と警告の役割を演じることになるからだ。

こうして独特な構成を採用したがゆえに、作品はほぼ無際限に拡大していくことになる。構成についての当初の方針がどのようなものであり、またそれがどのように変化していったか、ここで述べておかなければならない。プルーストはすぐさま、自分の小説を一種の建築物として考えるようになった。プルーストの構想では、第一篇で語り手はみずからの過去をよみがえらせようと努力を重ねるが、意志的記憶が枷となって、語り手の試みは実を結ぶことがない。ところがマドレーヌ菓子のおかげで、まるで奇跡のように無意志的記憶が作動して、過去がよみがえる。だが最終篇の『見出された時』まで、このような過去再生の秘密がはっきりと明かされることはない。最終篇にいたって、無意志的記憶の兆候がいくたびも現われて、語り手はついに〈時間〉と芸術作品の仕組みの理解へと向かうことになるのだ。

大聖堂の比喩を重ねるなら、聖堂の支柱を二本たてたうえで、ポーチから身廊へといたる内部の全体を構築することができるし、また構築しなければならない。プルーストはこうして、早くも一九一三年には作品の構築原理を手中に収めていた。始めと終わりのあいだには、何千もの頁数をついやして、深く隠れたままの使命から遠ざかってさまよう主人公の、恋愛生活や社交生活の紆余曲折が直線的に語られることになるだろう。もっとも、全体の構成は不変のままだが、世界大戦が執筆中の作品に暗い色彩をあたえて、『ソドムとゴモラ』〔『失われた時を求めて』の第四篇〕の展開をあたらしく方向づけていくことは、指摘しておく必要がある。

　中間部分が大きく繰りひろげられざるをえなかったのには、二つの理由がある。まずは、遅延や事後的な効果をも含む〈時間〉の経験を存分に描く必要があること、そしてまた〔実際には同じことに帰着するが〕、主人公は人生を習得しなければならない、言い換えればすなわち、もろもろの記号《シーニュ》を解読するすべを習得しなければならないということがあるからだ。『失われた時』の物語が、どうして種々の記号の読解の企てとして読まれるべきなのか、またいかなる点である種の一般解釈学として差し出されているのか、それをみごとに示してみせたのは、ジル・ドゥルーズ〔哲学者で、『プルーストとシーニュ』という卓抜なプルースト論がある。巻末参考文献【13】参照〕である。ドゥルーズによれば、『失われた時』には四種の記号の体制があり、その四種は階層秩序を形成している。記号の第一の圏域は、社交生活に関わっている。社交生活の記号は、結局は無意味なものであるが、主人公はそれが何かを指示していることに気がついて、自分でも自由にあやつれるようにならなければならない。第一の記号圏にはそれゆえ、ゲルマント家のサロンに魅せられて主人公がたどる社会生活の全体が対応している。第二の記号圏は、いっそうの苦痛を招き寄せる種類のものだ。それは、ジルベルトとアルベルチーヌが具現する恋愛の記号圏である。

主人公がそこで知ることになるのは、他者の不透明性と嫉妬の狂熱である。なにしろ愛する女性は、「逃げ去る存在」以外の何ものでもないのだから。恋愛の記号は、だから本質的に失望をしかもたらさない。これらとは別の二つの記号の世界が、さいわいにも袋小路からの脱路を示してくれる。まずは無意志的記憶の記号が、奥深くに埋もれた過去を現在時へと立ち返らせてくれる。しかし過去は、〔第四の記号圏としての〕芸術の仲介を待ってはじめて、真の形と持続する生命とを得ることができるのだ。

これら四種の記号コードが入れ子状に構造化されているために、『失われた時』は、何よりもまず個人の行程をたどるものでありながら、第一次大戦前のフランス社会の描出にもなっている。ヴェルデュラン家であれゲルマント家であれ、サロンを描くとき、プルーストはユーモアを発揮する。落ちめの貴族階級を描く肖像作家《ポルトレ》として見れば、プルーストは当代のサン＝シモン〔十八世紀前半の文筆家〕だと言える。社会学的分析の深さにかけては、バルザックに比肩する。たとえばスノビズムに関する彼の理論は、社会分化の仕組みを理解するためのモデルとしていまだに有効である。『見出された時』は、ブルジョワ階級がかつての貴族たちのあいだで幅をきかせて勝ち誇るさまを、悲喜劇的な筆致で描きだす。ヴェルデュラン夫人が最後にゲルマント公爵夫人におさまる成り行きは、その皮肉な象徴である。

この種の恐るべき分析志向は、感情にも適用される。じっさいプルーストは当初、小説のタイトルとして『心情の間歇』というものを考えていた。考察の中心には恋愛がある。激しい恋情の実相が明るみに出るのは、嫉妬においてである。嫉妬を抱くことによって、他者のいっさいを知りつくしたいという欲望が、他者を独占したいという欲望が、痛切なまでに昂進してくるのである。オデットの行動をさぐるスワンや、アルベルチーヌを幽閉する語り手が示しているのは、このような独占の企てだが、いずれも失敗に帰するしかない。というのも、プルーストにあって人間とは、とらえどころのない、裏表のある、嘘つきの存在だからだ。端的にいえば、一人の人間は、多様な世界をはらんだ複数的存在として立ちあらわれるのである。そして人間の内なる多様な世界は、いくつもの時間の層を形成しながら、存在のありようを変えていく。ある人間の本性が、いっきょに表面化することはありえない。詮索を通じて、時間をかけてあらわになるのだ。こうした自我の複数性という考えは、心理分析のあり方を刷新するものであり、また本書のプロローグでその重要性を述べておいたフロイトの衝撃的学説にも、それなりに符合するものだ。プルーストの省察の核心部に見出されるのは、やはり性の問題である。男性／女性という基本的な両極性によって覆われている真実は、すべての作中人物をつらぬいており、それが明るみに出るのは、同性愛が広く行きわたっているのがわかるときだ。同性愛者たちの世界にあって、ただ語り手だけが例外であるのは奇妙なほどである。

さまざまな理論が詰め込まれてはいるものの、この小説は発話を主観に集中させているので、詩に近い散文作品にもなっている。プルーストの文は、その長さと挿入節を重ねることで有名だが、おかげで現実世界の豊かさを具体の相でも抽象の相でもあますところなく捉えることができている。隠喩が網の目のように交錯して、認識対象を変貌させていくのである。こうしてプルーストの技法が頂点に達するのは、描写によって往時の風景をよみがえらせたり、エルスチールの架空の絵画を目のあたりにさせたりするときである。抑揚のついた統辞《シンタクス》は、いつでも開かれた節回しのようで、ある印象に含まれる微細なニュアンスまでもすべて伝えうることに陶然となっているようだ。私の念頭に浮かぶのは、たとえば「スワンの恋」においてスワンが耳にするヴァントゥイユのソナタが分析される有名な箇所である。柔軟な散文は、したがって他の芸術ジャンル――ヴァントゥイユに代表される音楽、エルスチールに代表される絵画、あるいは作中人物ベルゴットの言語芸術――と競いあって、『失われた時』という小説を芸術一般の域にまで高めている。じっさい芸術家とは、記号の第四の水準にまで到達し、自身の特異な知覚を波及させて世界についての私たちのヴィジョンを変えることができる存在なのである。

別様にものを見させるこうした能力は、〈時間〉の仕組みの理解を前提とする。直線的（他者と世界を解読するすべを習得するには、人生の流れが不可逆的である必要がある）であると同時に螺旋状（過ぎ去ったものでも、つねに現前しつづける）でもあるような時間を作品の中心に据えているからこそ、プルーストは天才の業を実現しえているのであり、彼の小説は、いっさいを全体において捉えようという目論見にふさわしいものとなりえているのである。ただし正確を期して述べておかなければならないが、『失われた時』における全体をめざす構成は、開かれた円環のかたちをとっている。『見出された時』で語り手は、みずからの芸術的使命を啓示されるにいたるが、書かれるべき作品が予告されるところで、小説そのものは幕を閉じる。そうして予告された作品は、私たちが今しがたまで読んできた作品にあらゆる点で似てはいるが、ぴたりと重なり合うわけではないのだ。とすると、流れ去る時のなかにも永遠不滅のものがあるとの確信にもとづくプルーストの企てには根本的な楽天性が見られるとはいえ、その楽天性に暗い影がささないわけではない。芸術の奇跡に見放されることもありうるのだ。この点は、『花咲く乙女たちの影に』におけるユディメニルの木々の挿話が示すところのものだ。この挿話は、全体小説のただなかに、ある種の否定性を刻みつけている。しかしそのおかげで、諸部分の総体が固着することなく、そこに動きが生じる余地が生まれてくるのだろう。一九四五年以後の小説は、この種の否定性が力を振るうことを、いっそうの痛みとともに認めることになるだろう。プルーストの作品は否定性を認めないわけではないが、独自の方式を見つけてそれを払いのけることができた。プルーストが見つけた解決法は、こんにちの読者から見れば、たぐいまれな恩寵ではないだろうか。

第二章　詩的レシ(1)

ジャック・リヴィエールは一九一三年に『N・R・F』誌に掲載した評論で、「冒険小説」を提唱していたが、実のところは想像力を解放し、欲望と神秘とに大きく開かれた空間を探索するよう求めていたのであった。リヴィエールのこうした主張は、第一次大戦後に書かれた多くの小説によって実現しているように思われる。ジャン＝イヴ・タディエは『詩的レシ』〔巻末参考文献【29】参照〕において、一群のレシをとりあげて、その諸特徴を定義しようとこころみた。分類するのがしばしば困難なそれらのレシにいくつかの共通点があるとすれば、次のようになる。まず小説内の空間は、舞台背景の役割を果たすべきというリアリズムの制約から解放され、魔法と神話のための場になる。したがって風景描写は、物語を語るうえでの単なる約束事ではなくなって、あらたな重要性を帯びるようになる。それから時間については、凝縮して魔術的な瞬間を喚起するようになるので、筋立ても時系列に沿って直線的に語られるわけではなくなる。時間は、あるいは膨張して、純然たる待機状態を表わすようにもなる。すると物語は、えてして螺旋状に、もしくは円環形式で構成されるようになるわけだ。そして作中人物についても、従来の重さが取り除かれるようになる。社会的身分が何から何まで説明されるわけではなくなり、どこかうかがい知れないところが残されたりする。そのかわり彼らは何かの象徴や寓意を担う場合があって、読者は、ほんの人影にすぎないような人物に対しても、リアリズムの手法で描かれた人物に対するのとは別の仕方で同一化することができる。ぼかしや中間色を特権化するこの種のレシは、詩的な文章表現に開かれ、種々のモチーフを音楽的に構造化しようとし、隠喩《メタファー》の力に存分に訴える。

（1）レシ（récit）には、「物語」の訳語をあてるのが通例であるが、同じく「物語」と訳されるイストワール（histoire）との混同を防ぐために、本訳書では片仮名で「レシ」と表記する場合がある。「小説（ロマン）」との対比で「レシ」を定義する試みには、ジッドやブランショを筆頭として多くの事例があるが、一般には一人称による事実ないしは虚構の報告を意味する。現今では、長編小説・中編小説・短編小説いずれにも通底する物語言説というほどの意味で用いられることも多い。もしくは、小説を含む語り物の総称として用いられる。日本語に照らせば、怪談というときの「談」、ないしは恋愛譚、冒険譚、奇譚というときの「譚」の字に対応するものと考えてさしつかえないだろう〔訳注〕。

以上のように詩的レシを定義する諸特徴を並べてみると、なるほどプルーストの作品も同じ特徴をそなえていると言えるかもしれない。しかしプルーストの全体性への目論見は、詩的レシとはあくまでも別種のものである。詩的レシという新しい様式を最初に具体化した小説として挙げるべきは、おそらくアラン＝フルニエの『グラン・モーヌ』だろう。第一次大戦の戦場で作者が夭逝する一年前、一九一三年に刊行された『グラン・モーヌ』は、まちがいなく独自の暗示力をはらんでいる。この小ぶりの小説は、ネルヴァルの衣鉢を継ぎながらも、通過儀礼譚の様式に革新をもたらしている。主人公で語り手のフランソワは、あたらしく知りあった学校友達を通じて、夢幻的な世界に引き入れられる。そこでは日常の規範が踏み越えられ、何か夢のような世界が、しばしのあいだその扉を開くのである。〔フランソワの学校友達である〕オーギュスタン・モーヌは、ある日学校を抜け出し、〈お屋敷〉に足を踏み入れた。そこの古い館には仮装した子供がたくさんおり、自由気ままな生活を送っている様子だ。イヴォンヌ・ド・ガレーという少女に魅惑されたモーヌは、イヴォンヌの兄で、婚約者に立ち去られて不幸に沈んだ青年フランツの運命に、みずからの運命を結びつける。モーヌは一度フランツを裏切るが、結局は彼の運命にとことんまで付き従っていく。

ソローニュ地方の魅力を背景に据えながら、『グラン・モーヌ』はあえて余分な枝葉を取り払って、いわく言いがたい秘められた何かをうまく感じ取らせてくれる。語り手を交替させ（はじめはフランソワ、ついでモーヌ）、女性人物を二人登場させる（イヴォンヌとヴァランティーヌ）ことで、物語は緊迫感を出している。そして青少年期《アドレサンス》を、覚醒と期待のはかない時期として描きだす。だが現実というものにはいずれ抗うことはできないのだろう、〔モーヌの妻となった〕イヴォンヌは死んでしまい、フランソワは〔イヴォンヌの残した〕幼い女の子と別れなければならない。オーギュスタン・モーヌが、幼い娘をフランソワの手から引き離すのだ。夜、モーヌは娘をマントにすっぽりと包んで、「いっしょに新しい冒険へと出かけていく」。このイメージが喚起されたところで小説は閉じられる。そこでは夜のヴィジョンと、あらたに日常の規範を踏み越えていくことへの期待とが結びついている。夢の世界へのこうした誘いかけを、やがて思い出すことになるのがアンドレ・ドーテルで、彼がフランドル地方を舞台にして書いた『けっしてたどり着けない国』（一九五三年）は、『グラン・モーヌ』の幸福な書き換えと言えるかもしれない。単調な日常を送る主人公が反抗的な別の子供に刺激を受けて、もっと豊かな世界を垣間見ること。変装や仮装。家出や日常からの逃避。これらが、青春を描くこの種の小説のテーマになってくる。

　夢のような世界はこうして、ある種のもの悲しさに裏打ちされ、その魅力を増すことになる。子供時代の終わりとは、消えやすい境界線を横切っていくような、ある移り変わりの時である。そこで過ごされた数々の瞬間はやがて遠のき、失われてしまうとはいえ、語り手の記憶にはいまだに生きいきと現前している。この種の優美な詩情を宿しているのが、ヴァレリー・ラルボーの短い小説群である。『フェルミナ・マルケス』（一九一一年）が郷愁をさそう筆致で描きだすのは、異邦の美少女フェルミナ・マルケスが姿を見せたせいで、とある男子中等学校《コレージュ》で演じられる恋の鞘当だ。ラルボーは戦後、より大胆な叙述技法を用いて、彼なりの実験的な詩的散文を書き継いでいく。とくに『恋人よ、幸せな恋人よ……』（一九二三年）に収められた三篇の物語では、ジョイスやデュジャルダンについで、内的独白の手法を導入している。アレクサンドル・ヴィアラットは『陰鬱なるバトリング』（一九二八年）で、青少年期のテーマにたくみな変奏をほどこしている。とある地方の街に、ドイツ人の美しい女性芸術家がやってくる。中等学校の生徒のグループは彼女を目のあたりにし、地方の凡庸さから逃れたいと考えるようになる。ヴィアラットはこの種のレシの規範とたわむれ、常套を裏返してみせる。愚鈍な少年を、紛れもなくロマンチックな主人公に仕立てあげるのだ。この幻滅の物語の語り口には、抒情と皮肉がこもごも込められている。

以上の作品にもまして奔放な空想に立っているのがジロドゥーの小説で、そのねらいは突飛さと華麗さである。しっかりした筋の組み立てを犠牲にしてまで、瞬間を特権化したり機知に富んだ言葉を重ねたりするジロドゥーは――おそらくは劇作の分野で過不足なく力量を発揮するのだろうが――、種々の約束事を笑いとばす。彼が築きあげる軽やかな象徴的世界においては、ユーモアが抒情の高まりを抑えつつも、抒情にあらたな方向づけをあたえる。たとえば『シュザンヌと太平洋』（一九二〇年）は、女性の視点から語られるロビンソン・クルーソー的冒険譚だが、筋の展開にとりたてて脈絡と呼べるものはない。それから『ジークフリートとリムーザン人』（一九二二年）は、フランスとドイツの関係をめぐる一種の寓話である。ジュール・シュペルヴィエルの物語作品は、ジロドゥーにおけるほど冗漫ではないが、お伽話《コント》に近く、寓話の雰囲気にひたっている。一九二六年の『子供泥棒』、それから一九三一年の『沖の少女』、この二つのタイトルを銘記しておこう。そこに収められた寓話ふうのすこぶる短い小説には、幻想譚に近い特異な語り口が見られる。そうした語り口は、探索のテーマを語るのにふさわしい。じっさい探索のテーマは、シュペルヴィエルを西洋世界の礎となったもろもろの神話に接近させていく。だが、そうしたテーマが真に表現されているのは、彼の詩においてである。

　小説には柔軟なところがあって、実のところ小説に盛るにはふさわしくない題材も、小説形式のなかに紛れこんでしまう。それがジロドゥーの場合であり、あるいはシュペルヴィエルの場合でもある。いっそう挑発的かつ革新的なスタンスから、アラゴンもまた小説に取り組んでいる。はじめは『テレマックの冒険』（一九二二年）であからさまなパロディーをやってのけ（十七世紀末のフェヌロンに、ホメロスに材をとった同じタイトルの作品がある）、ついで『パリの農夫』（一九二六年）において、随所にちりばめた記号を自在にさまよわせてみせる。大都市パリをたたえる頌歌であり、オペラ座横丁《パサージュ・ド・ロペラ》やビュット＝ショーモン公園を散歩しながらひらめいたことを綴る『パリの農夫』は、着想のみずみずしさをいまだに感じさせてくれるが、「シュルレアリスム小説」なる逆説を体現している書物でもある。そもそもブルトンは、シュルレアリストたちを代弁するかたちで、小説というジャンルには先天的な弱点があると非難し、『シュルレアリスム宣言』（一九二四年）のなかでは、小説を手厳しく撥《は》ねつけているのである。だからアラゴンの二〇年代の作品群には、彼がさまざまに模索する様子が見られるのであり、『無限の擁護』にいたっては一本としてまとめることに失敗し、一九二七年にはその執筆を放棄して部分的に破棄してしまう。アンドレ・ブルトンと袂を分かつと、アラゴンはシュルレアリスムとは別のもくろみを掲げた『現実世界』連作で、より古典的なリアリズム小説に向かっていくことになるが、この点については後述しよう。

　とはいえ一九二六年の『パリの農夫』は、現実の変形というシュルレアリスム的なモチーフから生じた典型的な作品である。また詩的レシを特徴づける、風景の神話学と言うべきものの試みでもある。それが頂点に達するのは、『パリの農夫』の第二部において、ビュット=ショーモン公園の青銅の柱があらたな「宇宙軸《アクシス・ムンディ》」になる箇所だ。だいぶ異なる視点から書かれていることは明らかだが、ジャン・ジオノの初期の小説作品が成果をあげているのは、アラゴンにおけるのと同質の、隠喩による対象の変形のためだと考えなければならない。マノスクで生まれ育ち、プロヴァンス地方を謳いあげることに身を捧げたジオノは、自然に対するまぎれもない畏怖の念を、いっそう深いところからよみがえらせる。戦前の仕事は、二つの連作に分けて考えることができる。ジオノはまず、「並外れて長い散文詩」たる『丘』（一九二八年）によって「牧神《パン》」三部作を開始する。始源的世界とのコスミックな融合が讃えられるが、これは後年の作品をパニョール〔南仏プロヴァンスの作家〕が映画化したものから連想される、善良な農民の世界などとは無縁である。そこにはじっさい、恐ろしい神々の存在が感じられ、また謎めいた秘密——作中人物ジャネが死の世界にたずさえていく秘密——も出てくる。『ボミューニュ村の男』（一九二九年）と『二番芽』（一九三〇年）が、連作としてこれに続く。リアリズムと幻想のあわいを行く『二番芽』は、暮らしているのが三人だけになってしまったオビニャーヌの村を舞台にしている。その三人とは、鍛冶屋のゴベール、マメーシュ婆さん、それから独身のパンテュルル。パンテュルルは、アルシュールと出会って愛を発見し、父親になる。猟師が農夫になって死にかけている村を蘇生させる物語には、あきらかに教訓的な意図が込められている。大地がもたらす諸価値へのこうした回帰がどのようなイデオロギーを含んでいるのか、この点はきちんと読み取っておくべきだが、その一方で、ジオノの文学をペタンの政治〔ペタン元帥によるヴィシー政府（一九四〇～一九四四年）の対独協力的態度を指す。「労働・家族・祖国」がその標語だった〕と同一視するのは拙速だろう。コスモスとの合一、自然の打ち震えるような不気味な存在感、ロマネスクな作中人物たちのもつ喚起力といったものを介して、ジオノの初期小説は、聖なるものの感覚へと開かれている。これは、フランス文学においてはかなりまれな感覚である。

ジオノは、たぶんこうした感覚によってこそ、詩的であると同時にロマネスクな世界を力づよく創造しえているのだろう。彼の作品では、簡潔だが寓意をそなえた物語の劇的な展開が、散文詩の文体によって断ち切れてしまうことはけっしてない。『世界の歌』（一九三四年）と『喜びは永遠に残る』（一九三五年）で、小説世界は広がりを増し、叙事詩に近づこうとの意図がはっきりしてくる。そこからは、あえて楽観的であろうとするメッセージが伝わってくるが、人間の無力に対する悲劇的な感覚はけっして消えてはいない。だから作品に地方主義的な側面がはっきりあらわれていても、地方性は一種の隠喩《メタファー》となって普遍的な射程をもってくる。そこでは、現実の歴史はあくまでも後景にとどまったままなのである。世界大戦の苦渋にみちた体験を経て、また自身も二度にわたって投獄された体験を経て――はじめは一九三九年、平和思想を表明したせいで、ついで一九四四年、対独協力に共感を寄せているとも受けとれる言動をとっていたせいで投獄される――、ジオノは作風を変えることになる。本書の第二部で触れることにするが、「年代記《クロニック》」と呼ばれる物語群を書いて、ジオノは歴史にあらたな場所をあたえるのだ。こうして彼は、別種の実験的な物語叙述を行なうようになる。

シャルル・ラミュもまた、ジオノと同じく田舎の生活から詩を汲んでくる作家だ。彼はスイスの人で、短い小説をいくつも書いて自然界との交流を力づよく訴えている。ラミュは十年あまりをパリで過ごしたあと、スイスのヴォー州に帰り、スイスのフランス語文学を領導する存在となっていくが、彼の小説が多くの読者を獲得するのはフランスにおいてである。彼の作品のなかでは二作が抜きん出ており、いずれも山岳地帯の荒々しい魅力を描きだしている。その二作、『恐怖の山』（一九二六年）と『デルボランス』

（一九三四年）は、荘厳でありながら災厄をもたらして人間に報復する自然のはたらきに、男が翻弄される世界を描いている。恐怖の念は、山岳地帯に生きる人びとの気取りのない話し言葉に寄り添おうとする粗けずりの文体で表現される。抒情的な描写も、ラミュの小説で語られるドラマの主役である土地の崇高さに見合っている。

詩的レシはこうして、恐れと喜びがないまぜになった、コスモスとの神秘的な一体感を表現しようとする。また、簡潔な叙述と抒情的な賛歌とを混ぜあわせて、小説の舞台となる土地に主要な役を割り振る。特定の土地がかなめの位置に来たり郷土愛が示されたりするのは、コレットの作品にも見られる特徴であるが、彼女の場合、さほどあからさまではない。だが、そこからは官能の匂いが立ちのぼってくる。コレットの作品に自伝と小説の境目を見分けることは難しいが、彼女の文章の独創性は、感覚表現の豊かなところ、五感で感じ取ったものを舐めるような精緻さで描くところにあるのだ。たとえば『青い麦』（一九二三年）は、先ほど触れたジャンルとしての青春小説を少女の視点のなかに取り込むことによって、青春小説の様式にたくみに揺さぶりをかけている。「女の青春の物語」と銘打たれたこの短い心理分析小説には、ヴァンカという自由奔放で男まさりの少女が登場し、フィリップという少年を打ち負かしてしまう。フィリップは最後に、女の欲望に手なづけられてしまうのだ。コレットの小説はいずれも、経験から生みだされるある種の官能の知恵のごときものへと至り、軽やかさがその身上であるが、『夜明け』（一九二八年）や『牝猫』（一九三三年）では、ややもすると悲劇的な語り口も見られる。

ジャン・コクトーとともに小説は、重苦しい現実の法則から身をほどこうとして詩へと向かう。フィクションの世界のただなかに、なにか別様の生のあり方を創造しようとするのだ。『恐るべき子供たち』（一九二五年）では、単なるひとかたまりの雪球が死を引きおこしたり、一枚のスカーフが結婚したばかりの若い男の首を引きちぎったりする。現実の重苦しさに抗するべく、コクトーの虚構世界は、無償の遊戯を旨としながら、一連の規則を独自に案出せざるをえないようだ。そうした規則は、実際には欲望と無意識の法則に服するものではある。だがこうしてコクトーの世界は、現実を引き離そうとして驚くべき疾走をはじめるのだ。ところが現実は、終局にいたって、大人になることを拒む主人公たちに追いついてしまう。『山師トマ』（一九二三年）は、コクトーの最も優美な達成のひとつであるように思う。このごく短い小説は、危うい均衡の上に身を持しているように見える。主要人物の三人組は、第一次世界大戦を、自分たちのペテンが演じられる非現実の舞台として生きる。自分のものではない身分を許称するトマは、ド・ボルム夫人その人に──彼女の娘に、という以上に──自分の分身《アルター・エゴ》を見出す。つまりド・ボルム夫人はトマに似て、楽しむことを第一に考える人間、自分が生きていると感じていたい人間なのである。遊びにふけることは、だからある種の倫理的な態度なのであり、世界に参加する冷静かつ真剣な方法なのである。おかげで、塹壕のうえで炸裂する砲弾は、花火が咲かせる花々と化す。引き離したはずの現実は、つねに追いついてきて主人公たちを捕えてしまうが（それは『恐るべき子供たち』でも同様だ）、悲愴感をただよわせかねないそうした瞬間も、婉曲表現によって驚くほどの詩情をかもしだす。敵弾に斃《たお》れるトマは、最期の瞬間に考える──「死んだふりをしなけりゃ殺られちまうぞ」。そして語り手は、みごとに言葉を継いでみせるのだ──「彼のなかでは、虚構と現実はひとつのものでしかなかった」。

あまりにも機械的な決定論に覆いつくされた物語に対抗して、コクトーの小説は、従来なかったやり方で筋をつなげていこうとする。省略技法をみごとなまでに駆使して筋の継ぎ目を省き、作中人物どうしの関係をあたうかぎり無重力状態のままにとどめておく。小説を詩に変えるべく、小説らしい因果律を拒み、想像力が自由にたわむれるための空間を開いてやる。シュルレアリストたちは（とりわけロベール・デスノスは)、こうした傾向をさらに推し進めることになるが、彼らの書くものは固有の意味での小説というより、レシに属するものだ。

リアリズムの約束事からの解放や、筋に絶えず断絶をつくっていく手法が、最も高い熱度で実現している作品として、ブレーズ・サンドラールの『モラヴァジーヌ』(一九二六年)を挙げることができる。モラヴァジーヌが閉じ込められているスイスの精神病院から一九〇五年の革命ロシア、さらにはアマゾンの未踏の地にいたるまで、世界中を思うさま遍歴していくこの放恣な物語は、小説の規範を踏み越えている。小説の規範をパロディーで演じてみせるかと思えば、完全に無視したりもするのだ。悪の権化たる主人公は、あたかも虚言症の精神分析家によって読み換えられたゴシック小説から抜け出してきたかのようだ。想像力はもはやとどまるところを知らず、医学の報告書から抒情的ないしは啓蒙的に高揚していく言辞にいたるまでの、また大衆小説から政治小説にいたるまでの、ありとあらゆる文体を突き混ぜてみせる。アルフレッド・ジャリの系譜に連なり(ジャリは早くも一九〇二年、ニーチェの超人思想を文学化した挑発的な寓話『超男性』に、「現代小説」の名をあたえていた)、ジャリにおけるのと同様の挑発的な現代性を誇示するサンドラールの小説は、小説表現において空想がどれほど力をもつものであるか、嬉々として宣言してみせるのである。

以上に見てきたように、詩的レシは、その極限的な事例もふくめて、第一次大戦後の小説がみずからにあたえた課題、つまり決定論をどのように打破するかという課題に対する可能な応答のひとつなのである。プロローグで指摘しておいたことだが、自然主義小説が危機にいたった理由の一端は、見たところ登場人物も筋立ても、狭量な因果論に服しているところにある。一篇の物語のうちでエピソードが継起していく場合、ある因果関係はつねにまた次の因果関係を生みだしていく。つまりあとに起こる出来事は、それに先立つ出来事から必然的に生じてくるように見えるわけだ。十九世紀の小説は、そうした物語上の前後関係を、あたかも自然な成り行きであるかのように固定させてしまった。それは、心理学的な因果関係（ある人物の性格こそが彼の行動の原因であり、またその行動を説明するということ）や、社会学的な因果関係（ある社会集団への帰属が、人物類型よりも重視されるということ）を、次々に積み重ねていった結果である。そしてフロベールやゾラの小説にいたっては、偶然の役割が最小限に抑えられてしまう。小説はたしかに、イデオロギーや科学の体系――それは、ひとつの時代の世界把握のあり方をかたちづくる――を反映するのだ。十九世紀が、歴史とはすなわち出来事を規定する種々の決定要因の総体であると考える時代なのだとすれば、二十世紀は、主体の自由に、行為の自由に、より大きな役割を与えなおそうとするのである。とはいえ、二十世紀は別種の決定要因を見過ごすわけではない。ただしそれはもっと秘められた、それゆえ拘束としてはいっそう強くはたらく決定要因である。その最たるものが、無意識というやつだ。

第三章　決定論と自由のあいだで

アンドレ・ジッドの仕事の全体は、前章で述べた〔決定論をいかに打破するかという〕問いかけのうちに位置づけることができ、そのような問いかけに一連の回答をあたえるものとなっている。念のために言っておくべきは、ジッドが二十世紀前半の文壇および知識人の世界で重要な役割を演じたということである（一九五〇年にはノーベル賞を受賞している）。彼自身の言葉をかりれば「不安をもたらす者」であるジッドは、幾世代にもわたる人びとにとって、思想的指導者という以上の存在であり、自由に生きるという選択や、個人を主張するというにとどまらない個人主義的な主張を体現する存在だったのである。散文詩のかたちをとった『地の糧』（一八九七年）や、告白録である『背徳者』（一九〇二年）は、いっさいの道徳的秩序に抗して、そうした主張をはっきりと示している。ジッドがたどった行路は複雑だが、時代の典型を示してもいる。十九世紀の末には、小説に課された種々の約束事は拒絶されるようになっていたが、ジッドもそうした拒絶の延長線上で、はじめ「ソチ」というジャンルを案出する。「ソチ」はもともと中世の古い用語であるが〔「阿呆劇」「茶番劇」を意味する〕、ジッドはそれを、規則に拘束されない自由な物語《レシ》という意味で使っている。だからジッドにとって、「ソチ」は決定論の束縛を脱するのにふさわしいジャンルであるわけだ。『法王庁の抜穴』（一九一四年）が、このあらたな美学の宣言書となっており、具体的にはとりわけ「無償の行為」の理論のなかで、その美学が説きおこされる。この小説では筋が意図的に錯綜混乱させられているので、物語を要約するのは難しいが、ラフカディオによるアメデ殺しが、いっさいの動機から解放された、理由なき純粋な行為として浮かびあがってくる。この種の無償性を表現しうるのは、ただフィクションのみである。中心的挿話たる殺人が、みごとなほどの挑発として——やがてシュルレアリストたちは、挑発行為を彼らの祭壇に祭ることになる——光を放っているが、それは実践道徳ばかりか「本当らしさ」の規範に対する挑発でもあるのだ（知られるように、「本当らしさ」とは、叙述上の脈絡あるいはその飛躍に合理性を付与するための規範である〔「本当らしさ」は、十七世紀の古典主義文学、とくに演劇で重んじられた〕）。ソチに皮肉がきいているのは、無償の行為がいかなる帰結をもたらすかを確認しながらも、そこに原因と結果の厳密な連鎖をたどろうとはしないからだ。

ソチのほかに、ジッドは「レシ」というジャンルにも手を染めている。ジッドのいう「レシ」とは、悲劇的な話を模範的なくらい簡潔に語る、純化された小説のことである。『狭き門』（一九〇九年）と『田園交響楽』（一九一九年）は、そのたいへん見事な二つの例である。いとこのアリサに対するジェロームの悲恋〔『狭き門』〕や、孤児の少女を引き取った牧師が彼女に向ける許されざる想い〔『田園交響楽』〕を題材に、控えめでありながら哀感をそそる語りが展開される。そこで示される神の法と人間の欲望の相克には、どうやら出口が見つからないようだ。虚飾を排した文体で綴られたこの二つのレシは、『クレーヴの奥方』〔十七世紀のラファイエット夫人の作〕や『アドルフ』〔十九世紀初頭のコンスタンの作〕の衣鉢を継ぎ、不可能な愛の物語の伝統につらなるものである。

ジッドの作品のなかで真に小説《ロマン》と呼びうるものはただ一作しかない。ジッドみずから小説《ロマン》と銘打ったのは、『贋金つくり』（一九二六年）だけなのである。ジッドは、この作品では登場人物たちの枠をひろげることを選ぶが、これは現代社会を描きだすためではなく、およそ考えうるだけの道徳上の立場や人生上の選択を、それと等しい数の登場人物によって具体的に示すためである。ジッドの小説はこうして、「可能性を生き」させるという企てを、現在時と潜在性とに秘められた自由の脈動を感じ取らせるという企てを、実現させようとする。小説末尾の章句も、結論付けを拒んで、未完の物語のただなかに読者を無造作に置き去りにするのである。年若いベルナール・プロフィタンディウを中心に、さまざまな交際の輪が形成され、交錯していく。小説の冒頭で、彼は自分が私生児であるという秘密を知って出奔するのだ。かくしてほかの世界を自由に見に行けるようになったベルナールは、友人のオリヴィエの家で、もっと自由な風俗と別の生き方があることを発見する。またとりわけ、オリヴィエの叔父エドゥアールにも出会う。エドゥアールは作家で、『贋金つくり』なる小説を書いている最中である。というよりむしろ、自分ではどうにも明確な形にできないこの小説のために、覚え書きを書きつらねているのである。

このエドゥアールの「日記」こそ、小説のかなめとなる部分である。全体の三分の一近くの分量を占めるこの「日記」が、ジッドの執筆行為《エクリチュール》そのものを、入れ子状に嵌めこんで〔紋中紋の手法で〕映し出しているのだ（ジッドは小説に続いて『贋金つくりの日記』を刊行し、自己注釈をさらに重ねる）。小説はこうして、執筆行為《エクリチュール》の実験室になる。作家がおのれの活動であるところのものを、現在進行形で検討に付す実験的空間になるのだ。この検討作業は、道徳上ないしは文学上の真正さという作品の中心テーマと無縁ではない。この点でエドゥアールは、パサヴァンと（ジッドの底意ではパサヴァンのモデルはコクトーである）、いや小説のなかで贋金を流通させているすべての人物と、対立関係に置かれることになる。もちろん文字どおりの贋金つくりの一味が小説のなかに出てきて（ジッドは実際に起きた事件から着想した）、あまりに純粋素朴なボリスがその犠牲になったりする。しかしもっと広く考えれば、ごまかしたり嘘をついたりする者たち、個人の自由な選択にゆだねられるべき生き方を他人に押しつけようとする者たち、こういった者たちはみな、より象徴的な意味での、だがおそらくはより有害な種類の贋金つくり、つまりは偽の価値のつくり手であり、危険なペテン師なのだ。

『贋金つくり』は、刊行と同時に華々しい成功をおさめた。小説というものが作家と登場人物を閉ざされた行程に押しこめていると思われていたところへ出現したこの作品は、執筆行為と道徳的問題を相即不離の関係におく魅力的な実験室なのであり、現在を生きること、開かれてあること、未完であることの不確定性を再現してみせようとする独自の試みなのである。ウンベルト・エーコ〔イタリアの哲学者・小説家。記号論の分野で有名〕の言い方にならえば、偉大なる「開かれた作品」と呼びうる『贋金つくり』は、ひとつの虚構世界を立ち上げていることと同時に、書かれつつあるテクストを紋中紋の手法で内部に嵌めこむことに成功している。ジッドはこうして、小説をめぐる批評的な検討作業に糧をあたえることになる。また小説を閉じこめてきたある種の錯覚を暴きだそうとする他の多くの小説にも、影響を及ぼすことになる。

ジッドは自由を要求し、また自由を形式上および倫理上の問いかけの中心に据えるわけだ。フランソワ・モーリヤックの小説の登場人物たちも、どうやら自由を求めてはいるものの、それを手に入れることができないようだ。小説家モーリヤックは、ボルドーの敬虔なカトリックの家庭に生まれ育ったが、出自から身を引き離して、みずからが育った世界の恐るべき姿をなんの手加減もくわえずに描きだす。一九五二年にノーベル賞を受賞したフランソワ・モーリヤックもまた、二十世紀の大知識人の一人と言えるだろうが、彼の特徴は、苦悩の感情をとおして慈愛のメッセージを伝えようとするところにある。モーリヤックの小説の主人公たちはみな苦悩する存在であり、愛の渇きをいやすことができず、周囲の狭量さから悪の道におちいる。彼らは悪に魅せられ、同時に強い嫌悪を感じる。タイトルを聖書に借りていることが明らかな『癩者への接吻』（一九二二年）では、主人公のノエミ・ペルエイルが夫の死後、ある過ちの償いをする。その過ちとは、愛の欠如にほかならない。『愛の砂漠』（一九二六年）でもまた、愛の欠如というテーマが描かれる。

思いを伝えあうことができず、つらい孤独に陥るというのは、モーリヤックの描く主人公の男女たちの大半に課された宿命である。心中にくすぶる対立感情、恨み、妬み、嫉妬といった情念を彼ら登場人物たちは抱え、いわく言いがたい葛藤に憔悴している。たとえば『ジェニトリクス』（邦題は『母』）（一九二三年）では、支配欲の強い母親の恐るべき肖像が描かれる。この母親は、無情さから息子の妻を死にいたらしめるが、息子のフェルナンを孤独と沈黙と空虚にゆだねたまま、自分は死んでしまう。モーリヤックの最も有名な小説である『テレーズ・デスケイルー』（一九二七年）では、テレーズによる夫ベルナールの毒殺未遂事件は、裁判の場で「免訴」にいたるだけである。つまり、それがテレーズの内なる苦悩の表われだとはけっして認められず、夫婦として生きる二人のよそ者どうしを近づけるきっかけにはならないのだ。モーリヤックは女主人公の内的独白を実にたくみに駆使して、越えがたい柵によって彼女が近親者から隔てられているさまを表現している。長く家に閉じこめたあと、ベルナールは妻の懇願に折れ、パリで自分から離れて一人きりになることを許す。その後のテレーズにいかなる運命が待ち受けているのか、この点は『夜の終り』（一九三五年）で描かれることになる。『蝮《まむし》のからみあい』（一九三二年）では、主人公が置かれた幽閉状態と、家庭内に重くよどむ沈黙をなんとか破りたいという彼の気持ちとが、小説の形式そのものを通じて示される。じっさい、ワイン醸造を生業とするボルドーのブルジョワ家庭を辛辣に描写するこの小説は、ひとりの老人が家族にあてて書こうとする長い告白の手紙のかたちをとっているのである。

これらモーリヤックの作品の色調は暗いが、そこにはいつか訪れようとする恩寵の光が宿ってもいる。作中人物たちの運命は、あらかじめ決められていると同時に、予見不可能でもある。あたかも、彼らが突如として赦しや愛にいたることもありうるかのようなのだ。モーリヤックは、自分の特異な創作方法について考えを述べたことがある。彼の意見では、小説家は作中人物に自律的な意志をあたえるべきで、人物たちが自由に彼らの進む道を選ぶようにしなければならない。運命とたたかうのは作中人物たちの役目である。サルトルはこの点をめぐって、モーリヤックに激しく嚙みついた。一九三九年に発表され、のち『シチュアシオンI』に再録された有名な評論〔「フランソワ・モーリヤック氏と自由」〕のなかでサルトルは、カトリック作家モーリヤックが実際は神のようにふるまい、おのれの被造物たる作中人物たちを外から裁いていると非難する。攻撃は激しいものだが、おそらく誇張もふくまれている。というのも、モーリヤックの小説の秘密は、あの影の領分に、このうえなく明敏な作品にすら宿りつづける暗部に、存するからである。

ジュリアン・グリーンの作品は、同じく悪の深淵に探りを入れるが、いっそう深いペシミズムをともなっている。アメリカ出身の両親のあいだに生まれたグリーンは、一九一六年にカトリックに回心したものの、信者としてはついに懐疑を脱することができぬままであった。彼の描く登場人物は、『アドリエンヌ・ムジュラ』（一九二七年）の女主人公のように殺人をはたらいたり、『レヴィアタン』（一九二九年）の主人公のように狂気におちいったりする。モーリヤックと同じくグリーンにあっても、心理分析は意識の最も混濁したところに降りてゆき、閉ざされた主観の混沌たる動きに寄り添う。堕罪と贖罪というキリスト教的感情が、その最も力づよい響きに達するのは、おそらくはジョルジュ・ベルナノスの作品によってだろう。

ベルナノスの世界は、〈善〉と〈悪〉のあいだの決着のつかない闘争の舞台である。一作目の『悪魔の陽のもとに』（一九二六年）はたちまち成功をおさめたが、そのなかでベルナノスは、ドニサン神父という複雑で曖昧な人物を生きいきと造形してみせている。聖性へとみちびかれてゆく過程にあって、あるいは悪魔の力との闘いにあって、ドニサン神父は、自分が人びとの魂を救っているのだと信じるまさにそのとき、傲慢の罪に、したがって悪におちいっているのではないか。同じような苦悩に引き裂かれるのが、『田舎司祭の日記』（一九三六年）における不器用な青年司祭アンブリクールである。もっとも彼は、神に反抗していったんは迷妄に沈む伯爵夫人を、長い議論のすえ、信仰に立ち返らせはするのだが。

ベルナノスの芸術が頂点を極めるのは、たぶん『新ムーシェット物語』（一九三七年）においてだろう。この短い小説は、いくつもの短章をせわしないテンポで重ねながら、土曜日の夕方にはじまる、ひとりの哀れな少女の十字架の道行き〔苦難の道〕に付きしたがってゆく。少女ムーシェットは、森のなかで雨を嵐と思い込んで道に迷っているところを、密猟者のアルセーヌにひろわれる。隣人たるアルセーヌにやっと心中を打ち明けられそうなところで、男のほうは少女をあざむき、小屋で陵辱してしまう。家に戻ったムーシェットは、母親の死に目に立ち会い、ふたたび家を抜け出すが、ちっぽけであまりにかよわい蝿よろしく、教会の香部屋係の老婆にしばらく捕まってしまう〔ムーシェット（Mouchette）の名は、蝿（mouche）の指小辞と考えることもできる〕。老婆はムーシェットに、みずからの死への嗜好を語って聞かせる。終わりの二章は、陽の照る日曜日の朝に設定されているが、ふたたび昇ってきた太陽は、主人公の少女の自殺に平然と居合わせるだけだ。このように話を要約してしまうと、物語の表面的な暗さしか伝えることができない。暗さは否定すべくもないが、それはこの小説の前提でも結論でもない。というのは、筋立てこそ悲惨きわまりない極端に自然主義的な小説のそれであるように見えるが、ムーシェットの運命は、物語を通じて開かれたままだからだ。彼女の死は、逆説的な復活再生と言えなくもない。物語の語り手は、主人公の少女と間断なく対話をかわし、彼女を分析したり、彼女に欠けている言葉をかわりに発したりするが、侵すことのできない秘められた領分にはけっして立ち入らない。登場人物に対するそのような関係の仕方は従来なかったものだが、それを要請したのは、文章表現《エクリチュール》にまつわるひとつの倫理である。その倫理は、誰もが他者に払うべき敬意というものを、ムーシェットが近親の者たちからはけっして得ることがなく、得たとしてもごくまれなものにすぎない敬意というものを、みごとなまでに伝えているのである。

　神秘に対する感覚をそなえ、子供の心と共鳴することができ、人間を引き裂く葛藤を感じ取ることができる。こうした特徴を通じてベルナノスは、いみじくもドストエフスキーに比肩しうると言われたことがあったほどの心理洞察に達している。彼の小説は、教訓的な色彩をおびることは微塵もなく、あくまでも登場人物たちの声が対立し衝突する場、それらの声のなかに語り手の声までもが立ち混じる驚くべき場なのである。その意味で強調しておくべきは、ベルナノスの作品では、ロシアの批評家バフチンの言葉を借りれば、「対話」が成立していることである。他方で、自分の書く話にきわめて高度な倫理的水準を課すがために、ベルナノスは形式上の発明をせざるをえなくなる。この点には注目すべきものがあって、たとえば『新ムーシェット物語』は、人間や自然の声を演出する舞台装置と化している。そもそも小説の冒頭で、まずは北風がその息づかいを聞かせるではないか。『ウィーヌ氏』（一九四六年）はベルナノスが書いた最後の小説であり、他の作品にもまして論議の的になった。名前のなかに「諾《ウィ》」と否定〔否定辞の「ヌ」〕を凝縮するひとりの矛盾にみちた人物を中心に据えながら、この小説は独自の表現形式と構成法を編みだして話線を大胆に解体していく。

以上に見てきたように、作中人物をめぐって決定論と自由のあいだで躊躇ないしは曖昧さが見られるのであり、またそこに付随してくる形式上の諸問題に対しては、両大戦間期の小説家はそれぞれ独自の流儀で決着をつけるわけだ。だが、そこからわかってくるのは、小説の世界に悲劇的感情が回帰してきて、小説が悲劇の響きを帯びていることである。ジッドやモーリヤック、ベルナノスの作品では、主として道徳的ないしは心理的な葛藤が描かれるわけだが、アンドレ・マルローの小説が照らしだしたのは、人間が歴史に参入する際の葛藤である。

マルローは、心理や感情の分析にはほとんど興味を示さない。伝記的手法に対してはもっぱら反感しか抱いておらず、「ちっぽけな秘密のつまらぬ堆積」という言い方で伝記を難じているほどである。社会参加する（同時代の大きな社会変動に参加する、すなわち中国においては革命をめざす闘いに、スペイン市民戦争に際しては反ファシズムの闘いに参加し、対独抵抗運動《レジスタンス》に参加し、ついでドゴールの陣営に参加する）知識人であるマルローは、思想家であって、なおかつ行動の人である。どうやらマルローのなかでは、あまりに対立的に考えられすぎるきらいのある創作家と行動家という二つの極が折り合いをつけているようだ。マルローがごく早い時期から省察を重ねてきたのは、神の死と理想の喪失とに直面した西洋が、どのように変わっていくのかという問題である。彼の考えでは極東の視点に立つとき、人間が時代のなかでいかなる役割を果たしうるかについて問うことができる。最初の二編の小説ではまだ、個人による問題の解決が（実際は袋小路におちいるだけだが）提示されるにすぎない。『征服者』（一九二八年）と『王道』（一九三〇年）の主人公はそれぞれ、集団になった人間の尊厳をはっきり示そうとして革命の組織をもくろむが、いずれも失敗に終わる。『征服者』のガリンは広東のストライキを指導しようとするのだし、『王道』のペルカンはフランスの植民地主義に対抗するべく、インドシナの諸部族を統合しようとする。この二人の主人公はいずれも死んでしまうが、彼らの冒険を報告してきた語り手は、彼らの残す友愛と克己のメッセージの証人となるのだ。

『人間の条件』（一九三三年）によって、マルローの芸術は頂点を極める。パスカルふうのタイトルに、この小説の野心が表われている。物語は、一九二七年の上海における革命蜂起と、蔣介石によるその弾圧をめぐって展開する。この小説は、さまざまな場面を〔映画の〕モンタージュ技法にならってリズミカルにつなげている。清《キヨ》やカトフを中心とする革命家たち、フェラルやクラピック男爵のような反動分子たち——クラピックはフェラルほど直接にではないが、怯懦から反動に加担していく——、そして清《キヨ》の父親であり老いた知識人であるジゾールなど、複数の登場人物の視点から出来事が描かれる。アメリカ小説や映画に強く影響を受けたマルローの技法がみごとに功を奏して、多くの次元をはらんだひとつの現実が複数の観点へと分裂していくさまが示され、人間なら誰しも抱える孤独と友愛の情とが浮かびあがってくる。じっさいマルローにしてみれば、孤独のうちに隔離されているという意識こそが人間の生の基本様態なのであり、死すべきわれわれ人間の条件が悲劇的であることの基礎になっているのである。隔離の意識は、罪を犯して世間から排除される陳《チエン》や、愛しあっているのに他人どうしでしかありえない清《キヨ》とその妻を通じて、すでに小説の冒頭から現われる。おそらくまた、録音された自分の声は自分のものだとは思えないという清《キヨ》の発言からも、そうした意識が導かれてこよう。その意味で、くらべるのは奇妙だと思われるかもしれないが、マルローにごく近いのは、個々人の有限性と断絶のうちに同じく人間存在の悲劇性の基礎をみるジョルジュ・バタイユの思考である。バタイユの『空の青』（一九三五年）は、『人間の条件』と響きあう作品として読むこともできるだろう。この二人の書き手は結局のところ、個人の孤立を超克する道を探し求めているのである。

マルローの『人間の条件』では、各登場人物が〔孤立に対する〕解決策をひとつずつ象徴的に担っていて、そうしたさまざまな解決策がいわば対話をかわすのだが、そのなかから孤立状態を超克する道が三つ浮かびあがってくる。第一の道は、集団行動である。陳《チエン》が選ぶ狂信的テロリズムに対抗する必要から、清《キヨ》と、それから闘争をともにした仲間たちに青酸カリを手渡したあとで死んでしまうカトフは、連帯の道にすすむ。第二の道は、（バタイユによって根底的な探究がくわだてられることになる）エロティシズムだと言えるだろう。エロティシズムの道は、フェラルとその愛人の挿話を通じて描きだされる。だが清《キヨ》とメイの関係もまた、この点では重要である。第三の道と言いうるものは、背景に見え隠れするにとどまっているが、たしかに存在している。それは芸術の道である（ジゾールと日本人画家の蒲《カマ》が、この道を体現する）。第二次世界大戦後、マルローは美学的な考察を重ね、芸術がどれほど重要な役割を果たすかについて考えをあらたにすることになる。マルローはほかならぬ芸術を、「運命に抗する道」、人間を肯定する道と見なすのである。

『人間の条件』は行動小説ではあるが、イデオロギーの対立から各人が自分の信念を弁じたてるという意味で、観念小説であると言うこともできる。会話場面の扱いは、マルローの小説技法の注目すべき特徴のひとつである。会話は物語の展開から重さを取り除き、〔物語の背景に関する〕情報を粗けずりのまま与え、登場人物たちの口癖を示して彼らを生きいきと造形する。会話のこうした扱いは、『希望』（一九三七年）にリズムを刻んでいる議論の場面にも見ることができる。『希望』は、マルローみずから共和派の陣営に立って参加したスペイン市民戦争を描く小説である。三〇年代の『人間の条件』と『希望』はともに、何が英雄的行為《ヒロイズム》であるのかという問いをたてている。個人行動は、集団的・政治的闘争のうちに、男性的友愛のうちに、その意味を見出さなければならない。そうしてこそ、個人のはなはだ不条理な死は、乗り越え可能なものとなるのだ。この点こそが、マルローの小説が叙事詩的な側面をもつことになる理由である。『希望』は、マルローがこころみた最後の小説だ。マルローはやがてフィクションを捨て、戦後は「反回想録」なる方法のうちに、省察と物語を混ぜ合わせるためのもうひとつの道を見出すことになる。

三〇年代にあらわれる他の諸作品にも、英雄的行為《ヒロイズム》や社会参加《アンガジュマン》についての考察が見られる。ナチズムの台頭によって混乱した時代情勢が、そうした考察を避けがたいものにしている。マルローの諸作品に感得される壮大さと力強さに達してはいなくても、他の書き手たちも同じような関心を作品に反映させているのである。アントワーヌ・ド・サン゠テグジュペリも、やはり友愛を擁護している。だがその擁護は、より控えめなヒューマニズムの立場から行なわれる。行動人にして草創期の飛行士であるサン゠テグジュペリが小説に描くのは、人間どうしを結びつけるために新たに空路を切り開こうと粘りづよくはたらく冒険家たちの姿である。『南方郵便機』（一九三〇年）や『夜間飛行』（一九三一年）、あるいはエッセイに近いものではあるが『人間の大地』（一九三九年）などからは、人間の連帯という理想が伝わってくる。とりわけ行動《アクション》を語る場面に描写がうまく織りまぜられた美しいページには、そうした理想が込められている。アンリ・ド・モンテルランの登場人物のヒロイズムは、より文学的なものであり、技巧とダンディズムの色を帯びている。とはいえ彼のヒロイズムも克己をめざす点では、マルローやサン゠テグジュペリの場合と違いはない。モンテルランは克己の道を、戦争のなかにさぐったり（一九二二年の『夢』）、理想化された闘牛のなかに求めたりする（『闘牛士』、一九二六年）。ただしマルローやサン゠テグジュペリと異なるのは、あくまで個人主義の視点を保持しようとしていることだ。モンテルランは、『若き娘たち』の連作（一九三六〜一九三九年）の主人公にコスタルという人物を据えている。架空の作家にして仮借なき女性蔑視者であるこの人物を借りて、作者は自分の姿を描きだしているのである。モンテルランはやがて劇作に向かうことになる。彼にとっては小説よりむしろ演劇こそが、懐疑的態度を明白に示しながらも、みずからが抱くコルネイユ的栄誉への夢を表現するのに適したジャンルとなってゆくのである。

ピエール・ドリュ・ラ・ロシェルの作品においては、英雄的な行為など不可能であるようだ。彼は苦悩しながら生きた両大戦間の歳月を、小説『ジル』（一九三九年）で、苦さのほとばしり出る筆致で描きだしている。ドリュは小説に付した序文で、「ぼくはセリーヌとモンテルランとマルローのあいだに位置している」と宣言する。だが彼は、自分が「ちっぽけなドラマ」を超えることができなかったことを自覚している。作者のドリュも作中人物のジルも、おのれを見通す明敏さに足をすくわれ、卑劣なふるまいに及ぶ仕儀にいたる。文明の頽廃が広く及んでいるという思いに取りつかれた『ジル』の主人公は、小説の最後で、フランコの陣営〔スペイン内戦で人民戦線政府に反乱を起こした保守勢力〕に加担することを選ぶが、それもマルローにおけるように集団による救済を掲げてのことというより、いっさいの希望を喪失しているからなのである。倫理的・政治的な難問に絡めとられたドリュは、戦時中、悲しくも当然の成り行きとして、対独協力《コラボラシオン》を唱導するようになる。一九四五年に自殺を遂げた事実は、彼が袋小路に追いつめられたことを示している。

見てきたように、悲劇的感情が三〇年代の文学に取りついて、そこに力と激しさを付与している。他のいかなる文学ジャンルにもまして、小説は時代の雰囲気から逃れるわけにはいかず、むしろその空気を伝え、描きだすのである。この点は、セリーヌもマルローも同様である。ドリュは醒めた観察者であるが、幻滅の小説家として、第一次大戦後の心的外傷《トラウマ》がいかほどのものであったかを示してもいる。そうした心的外傷を抱えた世代、一九一四年から一九一八年にかけての戦争で血を流した世代は、しかしあらたな世界大戦の破局へと向かう趨勢をくい止めることができなかったのである。

第四章　現代の心的外傷

第一次世界大戦は、身をもってそれを体験した世代に深い刻印をあたえた。大量殺戮を生き延びた者たちも、その心に傷を負っている。現代小説の課題のひとつは、戦争という黙示録的体験について証言することだろう。してみると戦争とは、単にひとつの主題であるというにとどまらず、今から見てゆくように、別のあらたな書き方を要求するものなのである。事実バルビュスからセリーヌにかけて、あらたな書法が探求されていく。齢《よわい》四十にして志願兵となったアンリ・バルビュスが塹壕のなかに見出すのは、「三〇〇〇万人の人間が望まずに引き起こした身の毛もよだつ事態」である。彼は戦争のさなかの一九一六年に早くも『砲火――ある分隊の日記』を刊行し、まやかしの英雄的美化を拒みとおして、人命を押しつぶす軍事機構の犠牲となった兵士たちの視点を差し出す。ただの兵卒の姿をこそ示さなければならないのであり、彼らの言葉に耳をかたむけなければならないのである。はじめこそ発禁処分を受けるが、『砲火』はゴンクール賞を受賞し、大きな評判を呼び起こす。同じ主題を扱う『クラルテ』（一九一九年）は、いっそう公然たる政治性をおびている。バルビュスはロマン・ロランとともに『クラルテ』誌（タイトルを自身の小説から取っている）を創刊し、ある種の左派を体現する存在となる。すなわち共産主義に新世界への希望を、戦争に資本主義の弊害の証拠を見るのである。

戦争は、『肉体の悪魔』（一九二三年）で道を外れた恋愛が挑発的に描かれる際の背景にもなっている。

レーモン・ラディゲのこの短い小説の刊行にはスキャンダラスな成功がともなったが、それも厚顔無恥なひとりの少年にとっては、四年間の戦争もつまりは「四年間の長い休暇」なのだと述べているせいだ。一人称による告白の体裁をとって語り手が物語るのは、マルトとの痴情沙汰である。マルトの婚約者ジャックは前線に送られている。きわめて古典的な手法で綴られたこの物語は、心理分析小説の系譜につらなる。小説の短さは、生き急いでいるという感覚を強め、物語に悲劇の雰囲気をあたえている。なにしろ登場人物の気ちがいじみた欲望も結局のところ、宿命（マルトは死んでしまう）に対しては、そして否応なく幅をきかせるブルジョワ的秩序に対しては、なすすべがないのである。

バルビュスを中心に、「プロレタリア小説」と呼ばれもした傾向が、ブルジョワ的な心理分析小説に対抗して悲惨な現実を露骨に表現する傾向が、明確な形をとりはじめる。アンリ・プーライユが、その首唱者である。そして一九三一年には「ポピュリスト賞」が創設されて、ウジェーヌ・ダビの『北ホテル』がその受賞作となる。ダビは、戦時中の庶民の生活を簡素な言葉づかいで物語る一九二六年の『プチ・ルイ』によって、すでに名を知られていた。『プチ・ルイ』の主人公の少年は、一九一四年の時点で十五歳、母親と二人きり、しがない賃仕事で暮らしている。やがて彼もまた、塹壕のおぞましさを目のあたりにする。文章は庶民の言葉を模して、最小限の要素にまで切りつめられている。一九三八年にマルセル・カルネによって映画化された『北ホテル』は、同様の自然主義的な発想から、パリの小さなホテルの寄宿者たちと彼らの日常のドラマを綴っている。

同じポピュリスムでもロマネスクの色合いが濃いピエール・マッコルランの作品に好んで描かれるのは、はみだし者、流れ者や逃亡者、外人部隊の兵士やごろつきといった連中である。マッコルランの小説、なかでも『霧の波止場』（一九二七年）や『地の果てを行く』（一九三一年）は、今では映画になったことで知られている。三〇年代にデュヴィヴィエやカルネが、底辺の怪しげな世界や社会の周縁をフィルムにおさめ、ジャン・ギャバンが、庶民の姿をかたどった主人公をたくみに演じてみせた。同じ範疇に分類することができそうなのがアンドレ・ブークレールの諸作品で、なかでも一番有名なのが『女たらし』（一九二六年）である。平板なものであれ、いくぶん詩的な趣をそなえたものであれ、これらの作品はリアリズムに立脚し、貧乏人や庶民の声を小説のなかで聞かせようとする。この種の小説にみられる中性的な文体を見事なまでの的確さで駆使したのが、エマニュエル・ボーヴである。存命中はそれなりに名を知られていたものの、没後に忘れ去られて近年になって再発見されたボーヴは、ベケットが称賛していた作家だ。彼は乾いた叙述に秀でており、ちょっとした苦痛を何気なく綴る手際において卓越している。最初の成功をおさめた『ぼくのともだち』（一九二四年）は、現代の個人、すなわち孤独で平凡な個人の生活が一人称で語られる、飾り気のない簡素な物語である。ボーヴが最晩年に発表した『罠』（一九四五年）は、読むに値する小説だ。そこでは、フランスの凡庸な役人ブリデが巻き込まれた運命の歯車が、ごく淡々とたどられる。ブリデは、ド・ゴール主義〔対独抵抗派〕の思想の持ち主だが、ヴィシー政府〔ドイツの傀儡政権〕の知己を介せばアフリカ行きのヴィザを手に入れられるのではないかと考える。意志薄弱で小心な、この特性のない男は、その悪夢にも似た道行の最後で、皮肉にも殉教者となってしまう。

ありきたりの人生を活写するのに、あるいは多種多様な社会階層を横断するのに、探偵小説もまた、好都合な枠組みを提供する場合がある。そもそも犯罪は、グリーンやマッコルラン、ブークレールといった両大戦間期の多くの小説家の作品と切っても切れない関係にある。ベルナノスも犯罪を題材にして、『ある犯罪』（一九三五年）と題された一風変わった小説を書いた。身銭をかせごうと応じた注文仕事ではあったが、この小説は重苦しく謎めいた雰囲気をもち、罪を犯した若い女性が司祭に変装する話が軸になっている。地方生活の描写、家具付きホテルの部屋や日常のさもしいふるまいなどの描写が、悲劇的な背景から浮かびあがる。聖職者に扮しているのがひとりの詐欺師である以上、ここに贖罪はありえない。

謎の解決よりも雰囲気の醸成に重点が置かれる新手の探偵小説の巨匠といえば、言うまでもなくジョルジュ・シムノンである。シムノンはベルギー出身の作家だが、戦後パリに居を構え、糊口をしのぐために通俗小説を書きとばしたあと、三〇年代になってメグレ警部という、たいへん有名な人物を創りだす。シムノンはこうして広範な読者層をねらい、大衆的な小説形式を借りて現実をするどく活写する。捜査官なるものは、まちがいなく小説家の分身である。彼はさまざまな世界に入りこみ、冷淡さとのぞき趣味的な好奇心とがないまぜになった態度で、そうした世界のありさまを暴いていく。シムノンにおいて、犯罪はなにがしかの社会環境を明るみに出す役割をもっている。そうした環境が、日常のなかから浮き彫りになってくるさまを、時間をかけて眺めなければならないのだ。シムノンはまた、探偵小説とは別に、陰鬱で散文的な雰囲気が魅力をなす小説を数多く書いてもいる。彼のあまたある作品のなかから、『黄色い犬』（一九三六年）と『汽車を見送る男』（一九三八年）の二つのタイトルだけ挙げておこう。

ルイ・ギユーは、当初は二〇年代から三〇年代にかけてのポピュリスムの流れから出発した作家である。反抗的な文体からいっても、社会主義の影響をうけた政治性からいっても、ポピュリスムの後ろ楯にはジュール・ヴァレス〔十九世紀の革命的闘士にしてジャーナリスト。小説も書いた〕の存在があると見てもよい。『民衆の家』（一九二七年）という処女作のタイトルが、そうしたギユーの選択を雄弁に物語っている。だから彼の文章では口語体が重要な場を占めており、セリーヌがこうしたスタイルを受けつぐことになる。とはいえ、ポピュリスムの側面からのみギユーの作品を読むことは、その射程を縮めてしまうことにもなりかねない。彼の最も有名な小説『黒い血』（一九三五年）は、三〇年代の――現代フランス小説の、とまでは言えないにしろ――最もすぐれた作品のうちに文句なく数え入れることができる。北部のとある小さな町で、さまざまな人物たちが対立しあう。それは一九一七年、兵士たちの逃亡が繰り返される一方で、ブルジョア的秩序が混乱の収束をはかろうとしている時期のことだ。教師のナビュセは、大仰な古典文学と保守的社会観の「理想」を体現する存在である。小説の中心人物は、クリピュール（この名は、カントを崇拝していることから付けられた綽名だ[1]）と呼ばれる別の教師だ。彼は一連の事件の流れに巻き込まれて失墜してゆく悲劇の人物で、読者の心に揺さぶりをかけてくる。

(1) カントの代表的著作『純粋理性批判』の仏訳タイトルは、クリティック・ド・ラ・レゾン・ピュール（Critique de la raison pure）であり、これを嘲弄的に縮めたのが、クリピュール（Cripure）ということになる〔訳注〕。

『黒い血』は痛烈な小説で、長い内的独白と外の視点からの語りを交互にまじえた現代的な叙述スタイルが印象深い。ギユーは、卑俗な地方生活、一九一七年という時世の過酷さ、当時の無意味な暴動の様子を対比的に際立たせながら、小説を一大絵巻に仕立てている。小ブルジョワの無気力な姿が辛辣に活写されていくが、そこから抜け出すための糸口が彼らにあたえられることはほとんどない。たとえばリュシアン・ベルシエは社会主義の理想をいだく人物だが、彼はクリピュールからは、期待する支持も、人生にどんな意味があるのか自身ではいっこうに理解できぬその答えも、得るにはいたらない。クリピュールは、秀才ではあっても不恰好で無気力な一介の教師にすぎず、風刺のきいた茶番劇の、主人公らしからぬ主人公でしかありえないのだ。彼はドストエフスキーの小説に出てくるような人物で、実らぬ恋に恨みをいだき、ニーチェ的な大著をくわだてながらもうまく書くことができずにいる。あまりに誇り高いせいで周囲の者たちの凡庸さに我慢がならず、あまりに冷笑的であるがゆえにこの世は愚劣だと考えるが、みずからの運命に従うほかなく、贖罪の生贄になることを甘んじて受け入れる。こうしてリュシアン・ベルシエとクリピュールの二人の教師の決闘の挿話では、時代錯誤の英雄的行為《ヒロイズム》のパロディーと、クリピュールの逆説的な崇高さの感動的な開示とが、完璧に混じりあっている。

長大かつ複雑な小説である『黒い血』には、フランスの地方社会の迫真の描写がみられる。おかげでフランスの地方も、ロシアの大小説に似つかわしいドラマが演じられる舞台になりえている。『黒い血』は、生きることの意味を政治と倫理の側から問いかける偉大な告発小説であるが、けっして主義主張を展開するだけの問題小説になりさがってはいない。理想を描くかわりに、現実のもつ重さをつねに喚起してやまないのだ。それはとりわけ、性の描写が時に露骨になることからもうかがわれる（作中人物のシモーヌや、下宿人のカミンスキーに懸想する老嬢の描写、あるいはクリピュールとマイアの夫婦関係のすこぶる革新的な描写）。

現代特有の心的外傷を表出するのに適した文体と手法とを案出した小説といえば、『夜の果てへの旅』（一九三二年）である。ルイ＝フェルディナン・セリーヌは当時、あと一歩のところでゴンクール賞を逸して激しい論争を巻きおこしたことも手伝って、文壇にセンセーショナルな登場をとげる。郊外の世界にまなざしを注ぐことでプロレタリア小説のモチーフを引き継ぐセリーヌは、インタビューで、はばかることなく自分をラブレーやドストエフスキーに引きくらべながらも、自分は民衆作家なのだと言い募る。小説と誹謗文書《パンフレ》が綯いあわさったような『夜の果てへの旅』が、偉大な左翼小説として読まれたこともあったが、これは不当なことではない。じっさいこの小説は、資本主義、好戦論、植民地化、人間を疎外する現代生活といったものがもたらす弊害を、かつてなかったほどの激しさで暴きたてていたのだから。とはいえ、人間の不幸を解消するための手立ては、個人によるものであれ集団によるものであれ、いっさい素描されることはない。この作品は根底からペシミズムに覆われており、みごとなタイトルが明瞭に示しているように、暗さを基調とするものなのである。

セリーヌの卓抜さは、中心人物のフェルディナン・バルダミュに、自分の話を語らせているところに現われている。この人物に言葉を託すことによって、小説は長大な独白、連綿たる毒舌で語られる主人公の遍歴譚と化す。しかもこうした語りのスタイルには、語り口ないしは声についてのひとつの選択が重なってくる。バルダミュは民衆の言葉を話し、露骨きわまりない俗語を駆使するのだ。高尚な文語体と平俗ないしは卑俗な口語体――従来の小説ではほとんど用いられることのなかった口語体――の言語的落差にはたらきかけ、実に驚くべき効果を生みだしている。興奮状態にある言語を暴力的に介入させる手際は、セリーヌならではの力業であって、こんにちにあってもその挑戦的な意味合いはまったく失われていない。こうした特殊な文体を創出しえたのも、旺盛な執筆作業が実を結んだからだ。セリーヌは実際に「小さな音楽」なるものを追求する。それは不協和音や中断、叙情的な高揚を乱暴に打ち砕く決めの警句などから成り立つ音楽である。音楽の観点から述べるなら、小説の各章の結びの文句はみな、みごとな休止符となって滔々たる語りの奔流に区切りを刻んでいる。

現代世界の滑稽《ビュルレスク》な叙事詩であり、パロディーにみちた冒険譚である『夜の果てへの旅』は、当時のあらゆるイデオロギー言説を横断し、近代のあらゆる大実験を反ユートピアの視点から踏破してみせる。作品が長大なのは当然だが、分量から見ておおむね等しい二つの部に大きく分かたれてはいる。第一部は、バルダミュの負の通過儀礼の諸段階を三つの契機からたどっていく。まずは一九一四年の戦争の話で、小説冒頭の章句を借りるなら、「そいつはこんなふうに始まった」。ふとした気まぐれから志願兵となった主人公は、新しく登場したカンディード〔十八世紀のヴォルテールの小説『カンディード』の主人公〕よろしく、殺戮の愚劣さを目のあたりにする。雄々しい戦地などというものが迷妄にすぎないことを、痛烈に突きつけられるのだ。実際の戦争は、小説の執拗なライトモチーフになっている人間観を腹の底から悟らせるきっかけになる。すなわち人間の世界は途方もない死の衝動に取りつかれており、そこでは各人が、どうにか自分の命だけは救い出そうと必死にあがいているということが見えてくるのだ。もはやなんの意味もない世界、恐怖と泥濘と飢餓に沈みきって、どんな理想主義もどんなイデオロギーによる偽装も受けつけない世界を表現するのに、セリーヌの文体はいかにもふさわしい。

人間観察家《モラリスト》と呼びたければ、セリーヌは彼なりに人間観察家《モラリスト》なのだと言ってもいい。この点は、ひっきりなしに人間の陋劣な行動動機を追いつめようとするところ、肉体の欲望をとりあえず満たすのに汲々としている人間の卑屈さ（戦争の狂気のさなかでは、それは基本的な生存反応だ）、無気力さ、貪欲さを示そうとするところにうかがわれる。こうして戦争とは、「射的場」以外の何ものでもない〔「射的場」（casse-pipe）は、俗語として「戦争」を意味し、またセリーヌ自身の短編『戦争』の原題でもある〕。バルダミュがそこから逃れるのは、軍人病院で「狂気」の治療を受けるおかげである。主人公の発狂が、混沌にゆだねられた世界では唯一可能な反応であることはおわかりだろう。バルダミュはアフリカの植民地に発ち、負の人生修行をつづける。ゴノー砦の「ポルデュリエール商事」の描写は、この小説の見せ場のひとつである。奔放な密林のなか、蚊がうようよいるひどい湿気のなか、ひとにぎりの悲壮かつ滑稽な植民地人が、悲しくなるほどしみったれた田舎の生活を再現している。この黙示録的な絵図が、伝統的に行なわれてきた異国趣味《エキゾチック》的な描写の対極にあることは言うまでもない。

次に主人公が乗りこむ新世界アメリカもまた、とうてい魅力があるとはいえない。ニューヨークの摩天楼が「突っ立った街」のイメージを喚起するのであっても、バルダミュが見出すのは、貧苦、工場労働、巨大な首都における孤独といったものだ。セリーヌはここでもまた、幸福にみちたアメリカの新興資本主義というイメージの逆を突くのである。なるほど、心やさしい娼婦モリーとの関係は、アメリカの挿話に明るさをもたらしはする。しかし、フランスに帰った主人公が開業医としてひとりきりで仕事をはじめるのは、パリ郊外のランシーだ。ランシーという地名には、もちろんそれ相当のたくらみが込められているのである〔ランシー（Rancy）は、セリーヌが案出した架空の地名で、「饐《す》えた、酸敗した」を意味する形容詞 ranci を喚起する〕。ついでに述べておけば、セリーヌは固有名詞の案出に工夫をこらしている。この点に見てとれるのは、セリーヌがいかに月並みなリアリズムから遠く隔たっているかということだ。

小説の第二部では、それまで以上にはっきりと、ロバンソンという作中人物（あらためて言っておくと、この名もまた意味深い〔ロバンソン（Robinson）は、ロビンソンの仏語読み〕）に焦点が当てられる。ロバンソンはバルダミュの紛れもない分身で、戦争のときに登場し、アフリカでもアメリカでも姿を見せる。セリーヌ自身が述べているように、セリーヌは「ロバンソンについて知っていることを述べるバルダミュに譫言《うわごと》を言わせている」。そして筋の焦点は、遺産をせしめるべくロバンソンとアンルイユ一家がアンルイユ婆さんに対して再三くわだてるみじめな殺人の試みに絞られていく。小説は、医者の醜悪な日常を背景にして、人間どうしの関係をどこまでも暗黒に描きだす。未熟な人殺しであるロバンソンは、自殺願望に取りつかれている。ところが小説の最後で自殺をとげるのは、彼の連れ合いのマドレーヌだ。ロバンソンは、バルダミュのなかの呪われた部分を体現しており、現代のアンチヒーロー像を徹底的に突きつめた人物なのである。

『夜の果てへの旅』は、思いきって闇の世界へと沈潜し——闇の世界を隠喩的に表わしているのが、アンルイユ婆さんを殺そうと仕掛けた罠が爆発し、その破片を顔に浴びたがために、ロバンソンが失明する挿話だろう――、他に類を見ない奔放な語り口でもって、生きて存在することの悲劇性を表現してみせる。恋愛感情は、性の次元にまで引きずりおろされる。知ったような口をきく言説（司祭や精神分析医の言説）はみな、馬鹿げた欺瞞として告発される。バルダミュのところへプロチスト神父がアンルイユ一家の話をしにくる場面は象徴的だ。語り手は、神父の唾にまみれた汚らしい口に焦点を合わせ、いわばクローズアップにしてみせるのだ。こうした嘲弄や自嘲をたくみに使いこなすことによって、セリーヌの小説は二十世紀の重要な喜劇作品のひとつにもなっている。また皮肉なことに、それが徹底したペシミズムの埋め合わせをして、この小説が元気をさえあたえることになっているのは驚くほどだ。セリーヌは、人間についての悲劇的ヴィジョンを両大戦間期の多くの作家たちと共有している。だがセリーヌの場合、そうした悲劇性は笑いや文体の魅力をともなっている。暗さに執着するそのぶんだけ、文体の音楽性もなおのこと際だってくる。

『なしくずしの死』（一九三六年）で、セリーヌはその作風をさらに先鋭化させる。導入部で執筆中の作家がじかに俎上に載せられ、「譫言《うわごと》」がさんざん繰りひろげられ、通常の構文法や句読点の解体がいっそう押し進められる。語り手は、パリで過ごした自身の少年時代を回想し、〈ベレジナ小路〉に軒を連ねていた小商人たちの世界が、戦争のせいで消え去ってしまったのだという。風刺の鉾先はあいかわらず鋭いが、そこにはノスタルジーの色合いも混じっている。セリーヌの喜劇的な語り口は、クルシアル・デ・ペレールなる人物が登場し、彼が『ジェニトロン』誌（クルシアルが編集する発明雑誌）をめぐって気ちがいじみた企てを重ねる場面で頂点に達する。猥褻な箇所がいくつも見られるが、初版ではそうした箇所は、いかにも挑発的な空白《ブランク》によって覆われていた。セリーヌが戦前と戦中に発表した反ユダヤ主義的な誹謗文書(パンフレ)は、その激越さゆえにこんにちでは出版を禁止されているが、そこにはさらに文体に工夫をこらした跡がうかがえる。文を論理的につなげていくかわりに並列の技法が用いられ、いくつもの中断符が文章に穴をあける。おそらくセリーヌが自身の「小さな音楽」を見つけるのは、戦後の作品によってであろう。一見して野放し状態の言葉の流れが呪詛の文句を運び、第二次世界大戦やドイツ亡命時の様子があたかも幻覚を映すように描写される。親ナチの立場を表明したがためにデンマークでしばらく収監され、その後ムードン〔パリ郊外の町〕に戻った作家は、恐るべき人間呪詛を爆発させる。『城から城』（一九五七年）や『北』（一九六〇年）に見られる幻視の力は、ヨーロッパが経験したばかりの歴史上の黙示録的世界に見合ったものである。それらは自伝とフィクションを混合した形式で書かれ、小説の厳密な定義からしだいに遠ざかっていって、言葉と文の無辺際の流れのごときものになってしまう。

セリーヌの作品は、既存の価値観を壊乱して議論を巻きおこす一方で、まったく独自の徹底したやり方で小説を限界にまでみちびき、小説形式の規範《カノン》を踏み越えていく。そこに示された大胆な実験性は、六〇年代の若手作家たちによって追求されていくことになる。セリーヌの作品は時代に先んじていると同時に、作者セリーヌと同じくつねに孤立しており、周縁的《マージナル》である。だが二十世紀末の読者はそこに、二十世紀の歴史が経験した数々の悪夢が、激昂した必死の調子で表現されているのを認めることだろう。

四〇年代の文学は、セリーヌの突出した作品にくらべると目に見えて後退している場合もあるが、現実の不条理性についての特異な経験から、世界が避けがたく「ある《イリヤ》」ことを前にしての「吐き気」から出発して、あらたな言葉で社会参加《アンガジュマン》についての問いをたてなおす。実存主義文学がこうして数年間、表舞台を占めることになる。

第二部　刷新？　異議申し立てと探究（一九四〇～一九六八年）

三〇年代の小説が、見たところ悲劇の徴《しるし》を帯びているとすれば、第二次世界大戦の直前に、もしくはそのさなかに名を上げる新世代の作家たちに特徴的なのは、世界の不条理性に対する特別な感受性であるように思われる。作家たちは、人生の意味を引きつづき問うてはいる。しかし世界のなかで主体は、隔離された現象学的意識としてみずからを経験するのである。実存主義の努力は、こうした隔離状態から出発して、集団行動のモラルを打ち立てることに傾けられるだろう。戦争という恐るべき出来事が、事態のこうした変化に無関係でないことはもちろんで、一九四五年以後、小説家たちは作家の社会参加《アンガジュマン》について議論をたたかわせるようになる。政治的論戦の口火を切るのはサルトルだ。しかし同時に、五〇年代を通じて問いかけの場が移動してもゆく。文学の道具そのものが問いに付されるようになり、小説の約束事が揺らぎはじめるのだ。ヌーヴォー・ロマンがこうした問いかけを組織化していくようになる。ただしヌーヴォー・ロマン以前の多くの作品も、出来事の地位に危機が訪れたせいで新たな小説作法が要請されるという事態に、すでに対応を示してはいた。そうした危機が、かつまた六〇年代の若手作家が文学に託す革命的使命が、小説を形式上の実験へとみちびいていく。そこで小説は、おのれの限界に触れるのである。

第一章　モラルと小説形式

I　不条理

サルトルとカミュの作品の起源には同一のテーマがあり、二人はそれぞれ異なる展開をあたえることになるものの、それが両者を結びつけている。同一のテーマとは、世界の純然たる偶然性、むきだしの事実性の開示である。ジャン＝ポール・サルトルは、こうした問題を処女小説『嘔吐』（一九三八年）の主題に据える。『嘔吐』というタイトルは、ガストン・ガリマールの提案によったものだ。この小説はアントワーヌ・ロカンタンが綴る日記の体裁をとっているので、日記の営みそのままのとりとめのなさで、さらには暇つぶしとさえ言えるような書き方で、生彩を欠いたひとりの男の歩みに付きしたがっていく。「彼は社会的に重要な人間ではない。正真正銘の一個人である」というセリーヌに借りた銘句が、この点をたくみに言い表わしている。十八世紀のさる冒険家を主題にした歴史学の博士論文を執筆するためにブーヴィルに住んでいるロカンタンは、「吐き気」をしだいに強くつのらせていく。「吐き気」とはすなわち、単に存在することにまつわる意味の不在のことだ。単に存在するというこの事実は、是も非もない現存在（être-là）〔そこに在る〕として開示される。それは、世界を組織したり世界に形をあたえたりするいかなる超越的存在もなしに世界があるという胸がむかつくような感覚として、安堵をもたらす言葉を越えたところで、開示されるのである。

主人公らしからぬ『嘔吐』の主人公が、日記のかたちで批判の矛先を向けるのは、自身の実存であれ他者の実存であれ、ひとつの実存の意味をつかみ取ろうという考え方である。空虚で凡庸な世界のなかをただよい、いわば永続する現在のなかに埋もれているうちに主人公が気づくのは、こうした不条理の感覚を前にしたとき、自分を人生に（築きあげられ方向づけられた人生に）結び付けていたいっさいのものが消失してしまうということだ。たとえば教養は、仮象にすぎない。これは〈独学者〉と呼ばれる登場人物が、図書館のすべての蔵書をアルファベット順に読んでいることに示される。小都市のブルジョワの生活も、一連の習慣と滑稽なしきたりから成り立っているにすぎない。この点は、挨拶に帽子を脱ぐ儀式が、いかにも喜劇的なものに見えてくることに認められる。主人公をアニーに結び付けていた愛も、時間の試練にあらがうことはできない。というのも、主人公のかつての恋人アニーは太って肉付きが良くなったうえに、彼女もまた、若いころ抱いていた考えを幻想だったと言って捨ててしまったのだから。『嘔吐』にフロベール的な側面があることは、はっきりと感じられる。つまり現実の陳腐さを前にしての胸のむかつきが、いわば形而上学的な喜劇を書かせるのだ。

となると何ものも――ものを書くことや芸術さえも――、くすんだ現実の事実性から救い出してくれはしないのだろうか。この点について、サルトルの小説は曖昧なままだ。ロカンタンの日記は、小説というものを強く批判する。小説とは、人生をひとつの全体にまとめあげるための、嘘でかためられた狡猾な作り話なのであり、だからまた、ひとりの死者が生きている者の人生をあがなうことなどありえないと悟って、ロカンタンは博士論文をあきらめもするわけだが、最後の数ページは、プルースト的な閾を踏み越えるかどうかのところで、ためらいを見せているのだ。ロカンタンは最後にお気に入りの曲

「Some of these days」を聞き、ちょうどプルーストの語り手が最後の瞬間におのれの天命であり使命であるところのものを見出すのにも似て、文学にひとつの自己受容のあり方を認めるようではある。だがこうして垣間見られた地平もおぼろにかすんだままであり、〔プルーストにおけるように〕円環のうちに小説の題材が回収されることはない。結局のところ、まさに個人の意識を支配するのが、偽の諸価値の崩壊であるからだ。

このような偶然性の経験――サルトルは『存在と無』(一九四三年)で、偶然性の経験に十分な哲学的表現をあたえることになる――は、主体の自由として受容されない場合、「自己欺瞞」へと行き着くことにもなりかねない。サルトルが「自己欺瞞」という言葉で指し示しているのは、自由な選択を前にしての恐れであり、非本来的な価値への退却である。『壁』(一九三九)に収められた諸編は、「自己欺瞞」の五つの様態を提示している。具体的には、あるスペイン共和派の男の悪い冗談、ポール・イルベールの無償の行為、不義の誘惑に駆られる冷感症の女の卑怯未練などで、とくに最後の一篇「一指導者の幼年時代」が皮肉まじりに示すのは、ブルジョワの青年リュシアン・フルーリエが、自分が何者であるかを知ろうとせず、時代のあらゆる流行に追従するさまである。結局彼は、反ユダヤ主義のなかに逃避し、他者への憎しみを通して想像の領域で自己規定を行なうのだ。

サルトルの小説には、種々の哲学的命題が深くまで滲みこんでいる。小説は、哲学上の命題が最初に表現される場であるように見える。だが一方でまたサルトルは、自身が小説を書くことで、前述したような現在時への沈潜や、はじめはうつろな感覚として経験される自由の無償性を表現するのに適した小説技法について、考察を行なうにいたる。『シチュアシオンI』(一九四七年)での洞察力に富んだ幾多の分析は、いまだにアクチュアリティーを失ってはおらず、サルトルの判断の鋭さは、現在にあっても実に印象ぶかい。たとえばフォークナーと「形式の形而上学」についての有名な研究は、批評のひとつの模範でありつづけている。

サルトルほど理論家肌ではないが、おそらくサルトルより生来の芸術家と呼ぶにふさわしいアルベール・カミュは、庶民の階層にいっそう近いところの出身である。サルトルの場合と同じく父親が早くに物故したカミュの子供時代は、もの言わぬ母にゆだねられていたようだ。母の沈黙は、言葉を介さない融合という最初の根源的な経験をかたちづくり、この経験は、カミュが青年へと成長していく過程で、幸福な官能性へと、地中海の自然との肉感的な一体感へと開かれていく。『異邦人』(一九四二年)は、カミュ自身が「不条理の連作」と名づける諸作品の幕開けとなる小説である。そこでは世界の偶然性は、『嘔吐』におけるようにひとかどの知識人によってではなく、ムルソーという名のありきたりの男によって経験される。ムルソーは一人称で、自身の平凡な営みを語っていく。語りの形式は日記に近いが、内面の日記と重なるようなところはひとつもない。サルトルが『シチュアシオンI』でいみじくも指摘したことだが、カミュの小説は、「存在しないこともありうる」という表題をつけることもできるだろう。ムルソーが生きているのは偶然性の世界、意味を欠いたまま同じことが蒸し返される世界であるようだ。この『嘔吐』のロカンタンのような主人公ならざる主人公は、社会的規範の外におり(たとえば母親の葬式で涙を流そうとしない)、直接的な感覚を享受しながら日々をやり過ごしている。ところが第一部の終わりで、そうした日々は一変する。ムルソーは、さまざまな状況が重なりあったせいで、友人のレイモンと言い争いをしたひとりのアラブ人を、浜辺に照りつけるまぶしい陽光の下で殺害してしまうのだ。

平明であると同時に謎めいたところもあるこの小説がみごとに成功しているのは、その独自の叙述スタイルによるところが大きい。ムルソーは自分の考えをけっして口に出さず、ただ種々の感覚を記したり、あたかも外の視点から語っているかのように自分の行動を報告したりするだけである。だから一人称で話すこの人物については、現に存在していることがしごく明白でありながら、どこか不透明なところがあるのだ。おのれの存在が偶然にすぎぬことを受け入れていたところへ、第二部になるとムルソーは、宿命といえばいえるはずの流れに巻き込まれ、不条理をあがなう生け贄とでもいうべきものに仕立てられていく。カミュの小説が指し示す意味は、第一部と第二部のあいだで揺らぎを見せている。じっさい第二部の訴訟では、第一部に出てきた要素がすべてたどり直され、そこに取って付けたような戯画的な意味が貼りつけられる。ムルソーは粗暴で、何ごとにも無感覚だというのだ。『異邦人』はしだいに、死刑を告発する問題小説の様相を呈するようになっていく（あたかもアラブ人殺害がなんでもないことのように扱われるのは、興味深いところだが）。最終章でムルソーは死刑を受け入れ、孤独を介して死んだ母に結びついていると感じる。そして、「世界のやさしい無関心」に身を開いてやるのだ。弁護士たちがあたえようとする一方的な意味を拒みはするが、主人公は結局のところ、不条理の空虚を超克しているように思われる。自己を超越し包含する自然の諸力とのニーチェ的な和合に、主人公は到達しているように思われるのである。

Ⅱ　社会参加《アンガジュマン》

しがたって不条理は出発点なのであり、問題は不条理を乗り越えることである。サルトルもカミュも、広範な読者に訴えかけるために、また特殊な状況――なんらかの選択や行動を余儀なくさせるような状況──に直面した人間を描くために、ジャーナリズム、エッセイ、劇作のほうへ向かうようになる。『自由への道』(一九四五〜一九四九年)でサルトルが示そうとしているのは、自由を引き受けたうえでその自由をいかに積極的に用いるのかという問題である。三巻に分かたれたこの未完の物語〔第一巻『分別ざかり』、第二巻『猶予』、第三巻『魂の中の死』。第四巻『最後の機会』は断片が発表されたまま未完〕ではまず、感情の面でも政治の面でもおのれの人生に責任を負うことをしないがためにマチウがぶつかる個人的な問題が、共産党の闘士であるブリュネの抱える個人的問題と交錯する。それは、一九三七年から三八年にかけてのことである。ところが歴史が不意に侵入してきて、個人の世界が打ち砕かれ、フランス軍の潰走が語られるところまでくると、マチウはドイツ軍に対する抵抗が、おのれの自由、万人のために引き受けた自由の表明であることに気づく。小説そのものは、教訓的な色彩がかなり濃厚だ。歴史絵巻を繰りひろげるこの小説の技法、とりわけ『猶予』の巻で用いられた技法は、ジュール・ロマンに学んだものである。第四巻が書きかけのままで終わるのは、フランス人捕虜収容所におけるブリュネの行動を示そうとしていたところへきて、サルトルにとって小説はもはや、共産党との衝突を扱うのに最良の表現手段とは思われなくなってしまったからだ。

カミュのほうは、社会参加を語るのに寓話のスタイルを選択する。したがってカミュは、小説を書くうえで歴史を遠ざける。『自由への道』はかなり古びてしまったが、『ペスト』(一九四七年)のほうは喚起力を失ってはいない。オランの街で発生したペストの災禍に対して、いかに闘うべきなのか、何をなすべきなのか。自分の名を明かさずに病の蔓延を記録していく医師のリウーは、このような問いを前にしての、考えうるすべての態度を報告する。つまり、コタールによる〈悪〉の受諾にはじまり、パヌルー神父の宗教的な懊悩を経て、最後にはグランやタルーやリウーの、他者のために手をたずさえあって闘う者たちの、日常の働きを控えめに称揚してみせるのだ。ペストは悪の象徴になっている。この場合の悪とは、一般的で抽象的な（病によって象徴される）ものであるが、当然ながらナチズムというペスト、ファシズムのペストを喚起するものでもあった。それでも、この小説が何を主張しているのか、この点はかなり曖昧なままだ。というのは、伝染病と闘うことと人間と争うこととは、同じこととは言えないからだ。このような矛盾に対する疑問は、タルーの口を借りて小説のなかでも表明されるが、一方でカミュが人間どうしの連帯を熱心に弁護するのを妨げはしない。カミュが擁護する、休息も終わりもない闘争には、ヒロイズムの要素はかけらもない。そこにはひとつの単純な主張が込められているだけだ。つまりどんな人間も、一介の雇員ではあるが献身的なグランにならい、共同体のために行動を起こすことから始めるべきだという主張が込められているのである。

　シモーヌ・ド・ボーヴォワールも、モラルへの同様の気づかいを共有している。彼女の小説は、登場人物たちを通して読者の判断力が磨かれるような状況（たいていは、ボーヴォワール自身が実際に経験している状況にごく近い）をさまざまに描きだす。『招かれた女』（一九四三年）における嫉妬の発作、『レ・マンダラン』（一九五四年）における知識人たちの肖像など、小説の枠組みのなかで、ジレンマにとらえられた人間たちの視点が照らしだされ、熟慮の対象になるような倫理上の選択に展望があたえられる。たいていの場合、語り手は中立的な立場を崩さず、ボーヴォワールも、平板で淡々とした筆づかいを厭わない。彼女にとっては、種々の倫理的問題こそが何より重要なのであって、あたかも、そうした問題に対する見通しを曇らせてはならない、とでもいうかのようである。実存主義小説というものは、形式や文体の斬新さによって際立つのではなく、おそらくは広範な読者層に訴えようとする体のものであって、実際に広い範囲で読まれたし、今でも、とりわけ実際的なモラルの問いに突き動かされている若者たちに読まれている。

モラルに関する種々の主張や論点を強調しようとすると、筆づかいはしばしば控え目で革新性の薄いものになる。『異邦人』にくらべると『ペスト』の古典的性格ははっきりしているし、サルトルは『嘔吐』以後、革新への傾きを見せることはほとんどない。同じことは、初期のシュルレアリスム的手法にくらべるとはるかに常套的なリアリズムの手法を十五年あまりにわたって使うアラゴンの小説作品についても言えるだろう。一九三四年から一九五一年にかけて書き継がれた『現実世界』の連作が、このことを示している。共産主義に与《くみ》するようになったアラゴンが目指すのは、世紀初頭以来のフランスの現実社会を描出することだ。全体は長大な連作、一種の年代記をかたちづくっているが、焦点が当てられるのは、三人の女性であったり（『バーゼルの鐘』、一九三四年）、ピエール・メルカディエの蹉跌であったり（『乗合馬車の乗客たち』、一九四二年）、オーレリアンとベレニスの常識外れの夫婦であったり（『オーレリアン』、一九四四年）する。その後アラゴンは、個人の孤立状態を乗り越える共産主義運動を壮大な規模で描くようになるが、これは未完に終わる（『レ・コミュニスト』、一九四九〜一九五一年）。この時期の小説でこんにち最も人気が高いのは、出会いの期待と愛の失敗をのびやかに物語る『オーレリアン』である。かつてのドリュ・ラ・ロシェルに近い主人公が、両大戦間期のパリの街をさまよう。言葉のあらゆる意味において動員解除されたかつての兵士は、フロベールの登場人物にも似て、みずからの生きるべき人生のかたわらを通りすぎるようにして生きていく。

ともに未完に終わったサルトルの『自由への道』とアラゴンの『レ・コミュニスト』は、手法こそ違うが、双方とも全体小説の試みと見なすことができる。ただし、本書の第一部で瞥見した全体小説の豊かな形式も、ここでは不適合をおこしている。年代記や歴史絵巻の形式は、かつてと同じく、人間どうしの錯綜した相互干渉を表現しようという望みに、個人の運命を歴史のなかに位置づけようという望みに、呼応するものではある。しかし手法は常套的なものにとどまり、イデオロギーやモラルに関する前提がもとにあるせいで、リアリズムも干からびたものになってしまう。当の現実のテクストによる構築作業は、それ自体としては問いに付されず、小説を書くという運動に支えられてもいない。サルトルが口火を切り、共産主義作家の陣営ではつねに活発に交わされた社会参加についての論議は、新しい形式へいたる道をあらかじめ塞いでいるように見えるのだ。現代世界の変化は、あらたなコミュニケーション手段や、消費物に取り囲まれながらのあらたな暮らし方にも現われているわけだが、その種の変化を表現するのに適した新しい形式の問題は、あえて棚上げにされているのである。社会参加の論議が前提とするもろもろの判断基準は、いずれも文学の外側にとどまったままであり、ために文学は、単なる道具の役割しか演じなくなってくる。ロジェ・ヴァイヤンの作品はこうした緊張を反映して、プロレタリアの側に立つ社会参加のモラルと、ある種の自由思想家《リベルタン》的な個人主義とのあいだで揺らいでいる。たとえば『三二万五〇〇〇フラン』（一九五五年）は、工場労働によって疎外されたひとりの労働者が直面するさまざまな困難を描くが、『掟』（一九五七年）や『祭り』（一九六〇年）は、型どおりのモラルから自己を解放しようとする自我主義《エゴチスム》を肯定する。つまり『掟』のヒロイン、マリエッタが象徴するように、個人は社会の暴力に対抗するための力を、自分自身から汲んでくるべきだというのだ。

　それにしても認めておかなければならないのは、社会参加の小説が、読者を根底から揺さぶることとなしに興味と反応を惹きおこそうとの望みどおりに、広範な読者層に迎えられた一方で、いっそうの革新をねらう後年の実験的小説が、限られたエリート層の関心しか惹かないことである。だがそれにしたところで、私が今しがた語ってきた諸作品が多少なりとも袋小路にはまりこんでしまったのではないかということは、作者たちにも感づかれている。シモーヌ・ド・ボーヴォワールは『美しい映像』（一九六二年）で、消費社会が狡猾な仕方で女性に差し出す理想像と女性自身の関係を、小説のかたちで分析しようとするが、しだいに自伝に向かうようになる。サルトルは小説に背を向け、評論や哲学的エッセイを書くようになる。のちにサルトルが文学に戻るのは、自伝によって、つまり『言葉』（一九六四年）の執筆によってである。

それと並行するようにして、アラゴンは『聖週間』（一九五八年）をきっかけにリアリズムを離れ、小説家としての才覚がとりわけ豊かな実りを結ぶ新たな時期に入ってゆく。中心となるモチーフは「真実の嘘をつく」というものだが、このモチーフが、自身の創意を発揮する方法とその正当性とをあらためて作家にあたえるのだ。『聖週間』という小説は、小説自身のありさまをも描きだしながら、老いや忘却について、時間がまとうさまざまな形について、省察をめぐらせる。六〇年代のアラゴンの諸作品が、形式の独創性において、あるいは鏡の戯れや分身のモチーフにおいて、ヌーヴォー・ロマンにもおさおさ劣るものでないことは、『ブランシュとは誰か――事実か、それとも忘却か』（一九六七年）がみごとに示している。主人公のジョフロワ・ゲフィエは、ブランシュが立ち去ったことを自分に納得させるため、マリー＝ノワールという、ブランシュをそっくり反転させた想像上の人物を創りあげる。

アルベール・カミュの変遷もまた、示唆的である。サルトルとの激しい論争や、アルジェリア戦争がもたらした個人的な苦悩から、カミュは創造力の涸れた一時期を過ごすことになる。自身が唱導してきた――またノーベル賞受賞（一九五七年）の際の『ストックホルム講演』でも変わらずに表明すること になる――寛大なヒューマニズムの立場は、どんな発言にも含まれる曖昧さにぶつかって、苦渋の色を濃くしてゆく。『転落』（一九五六年）にはこうした危機が示されている。この小説は、ルイ＝ルネ・デ・フォレの『おしゃべり』（一九四六年）の影響を受けて、告白の、長い独白のかたちをとっており、語り手は、黙して語らぬ対話者を前にして自己演出をこころみる。だが結局、話の聞き手というのが、実は「私」自身の分身にほかならないのではないかと疑われてくるのだ。優秀な弁護士であったにもかかわらず一切合財を放棄してしまったジャン＝バティスト・クラマンス（この名じたい、彼が荒野で叫んでいることをたくみに表わしている）[1]は、アムステルダムで「改悛した判事」になっている。つまり彼は、罪悪感に苛まれてはいても他人に裁かれるのは拒む、現代的な個人にほかならない。彼は証拠物件を隠しながら、前もって自分に訴状を突きつけることで、他者の機先を制する。このような計算ずくの告白をする語り手は、手を差しのべそこなったひとりの女性の、助けを呼ぶ声に取りつかれたまま、北方の運河の街をさまよいつづける運命にあるようだ。幾重もの円環をかたちづくる運河は、あらたな地獄の象徴となっているのである。

（1）ジャン＝バティスト（**Jean-Baptiste**）の名は、荒野で生活しながら悔い改めを呼びかけた洗礼者（バプテスマの）ヨハネのフランス語表記そのものであり、クラマンス（**Clamence**）という姓は、「叫ぶ」を意味する動詞クラメ（**clamer**）を喚起する〔訳注〕。

語り《レシ》は、完全に曖昧さに塗り込められている。それがこの小説の成功と、幽霊じみた尋常ならざる語りのありようのもとになっている。カミュは意表をついて、クラマンスの話全体の信憑性に不信の念を投げかけるので、読者はちょっとした言葉にも疑いを差し挟まざるをえなくなる。だが苦渋の念がこうした語りの声を運んでいることは、認めないわけにはいかない。『転落』に関しては、モラルの観点から一義的に読むことはできないが、人間の真率さについて懐疑にみちた問いを投げつけざるをえなくなってくる。この点でカミュのこの書は、ブランショやデ・フォレ、ベケットとの関連でのちに触れることになるように、五〇年代の小説を特徴づける疑念の空間、文学の虚構性の内在的批判の空間に踏み込んでいると言える。同じように『追放と王国』（一九五七年）に収められた諸短編も、自己欺瞞の主題、実存にまつわる種々の問いをモラルの観点から一刀両断にすることの不可能性という主題をあつかっている。これはたとえば、囚人のアラブ人に対面した「客」の主人公が示している。

第二章　出来事の危機

　本章で見ておきたいのは、物語叙述の伝統的な力に対する不信の念を、多くの戦後小説がどのように書き込んでいるかということである。ヌーヴォー・ロマンが登場する以前に、いかにして少なからぬ数の作家が、それまで見られなかった叙述上の実験へとみちびかれることになるのか。もっとも作家たちにとって、そうした実験はもっぱら形式にのみ関わるわけではない。この点は、『転落』について今しがた見たばかりだ。しかし、『小説について』（一九四七年）のなかでポール・ガデンヌが次のように書くとき、そこからは広く共有された思いが伝わってくる。「小説家は、自分の力をもはや信じられなくなっている。一篇の小説作品を着想して忍耐づよく構築していくのに必要な、あの「無邪気さ」を失ってしまったのだ。小説家は、後ろめたさを抱えている」。ガデンヌによれば、揺れ動く世界に寄り添おうとするがために小説家が自身にも差し向ける透徹した批評性は、作家がもっぱら自分の主題に「取りつかれて」いるときにのみ、消え去るのである。そのとき作家は、まったく独自の表現の道を進まざるをえない。文学表現の過剰さ、そのやむにやまれぬ性格についてのジョルジュ・バタイユの言明は、同様の考えにもとづいている。

　物語叙述に対する不信の念が、今から取りあげる作家たちを例外なく見舞うわけではないにせよ、物語叙述の核心には不安が宿るようになる。なぜなら、出来事そのものの地位こそが疑わしくなってきているからだ。というわけで本章では、まずは物語が宙吊りになる例をいくつか見てから、次にある種の作品がどのように物語の限界を問うているのかを検討するつもりである。

I　宙吊り

ジュリアン・グラックの関心をそそるのは、出来事そのものや劇的波乱の連鎖であるよりも、むしろ期待の感情である。危機の到来を約束し、呼び寄せ、遅延させる数々の予兆《シーニュ》の重なりなのである。グラックの小説世界には、この点できわめて独特のものがある。古いもののいっさいを破壊するような、そして再生させうるような大動乱を夢見ながらまどろんでいる世界にあって、主人公たちは徴《しるし》を探し求め、どんなかすかな徴候をも見逃すまいと感覚を研ぎ澄ませている。『シルトの岸辺』（一九五一年）は、最も有名なグラックの小説だが、多くの点でディーノ・ブッツァーティの『タタール人の砂漠』に似たところがある。オルセンナの都（ヴェネチアとビザンティウムを想像的にかけあわせた都）で無聊をかこつ青年貴族アルドーは、父祖伝来の敵国ファルゲスタンとの国境地帯、「シルトの前線」と呼ばれる人里はなれた国境地帯に、任務を帯びて出発する。小説は、アルドーの通過儀礼の行程をたどっていく。アルドーは戦争を欲望し、誘発し、そしてヴァネッサ・アルドブランディ（第一次シルト戦争に際してオルセンナを裏切った「傭兵隊長《コンドティエーレ》」の末裔の女性）と結託して戦争を生みだす手助けをすることになる。しかし、物語全体の行く手にひかえた破局的な出来事そのものは、ほのめかしによってしか語られない。未来を先取りして語るみごとな箇所で、アルドーがオルセンナの破滅に語り及ぶだけなのだ。

重要なのは期待の感情である。しだいに募る欲望が、没し去った廃墟の街や古びた軍用地図から、未来のきざしを浮かびあがらせていく。装飾を過剰なほどまとった絢爛たる文体のせいで、また文が断ち切れようとする限界ぎりぎりのところでつねに身を持している統辞《シンタクス》によって、グラックの読者もまた、記号《シーニュ》の網の目を張りめぐらす作業に加担することになる。こうして数々の記号は交錯しあい、外界も、強弱の度を絶えず変えている磁力のせめぎあいの場に変成する。したがって、何を措いてもまずは場所の雰囲気が重要になってくるが、この点は、ケルトやゴシックの伝説にひたった処女小説『アルゴールの城にて』（一九三八年）がすでに示していたことである。グラックは、要求の高いエリート主義的な作家で（一九五一年、ゴンクール賞に選ばれながらそれを辞退している）、本物の文学は万人の手に渡るようなものではないはずだと考えており、他の作家と一線を画そうとする。とはいえ、予兆と欲望をつよく担う外界を喚起しようとする目論見において、グラックがシュルレアリスムの系譜に連なっていることは確かである。『森のバルコニー』（一九五八年）では、〈奇妙な戦争〉〔一九三九年九月から翌四〇年の五月にかけて、戦闘が生じないままナチス・ドイツとフランスが睨み合いをつづけた時期〕が背景になっている。〈奇妙な戦争〉は、期待の主題系とアルデンヌの森の詩的描写とを繰りひろげるうえで理想的な枠組みを提供している。グラックは、リアリズムには完全に距離をおく。彼が好んで描く作中人物は、透明である（社会的身分についてはほとんど何も書かれていない）と同時に象徴性をそなえている。彼らは奇妙なほど受け身のまま、なんらかの探索へとみちびかれていく。六〇年代以降グラックは小説を離れるようになり、物語三篇を収める『半島』を一九七〇年に出版しているのみである。

ポール・ガデンヌの小説は、その筆づかいこそはるかにそっけないものの、グラックの場合と同じく劇的要素を消去しようとする。枝葉末節を刈りとった筋立ては、空虚と沈黙に場を明けわたす。今にも訪れるはずの、しかし行間をただよっているだけであるような、いわく言いがたい何事かの切迫感ばかりが、場を占めているのだ。結核を患って早世したこの作家の作品のなかから、『深い街』（一九四八年）と『スティルル家への招待』（一九五五年）を挙げておこう。その重要さに比して過小評価されているきらいのあるアンリ・トマの作品も、同じ範疇に数え入れることができるだろう。出来事の輪郭は、ここでもおぼろにかすんで見えるばかりだ。見たところやけに平凡な出来事は、しかしなにがしかの秘められた霊性を暗示してもいる。たとえば『ロンドンの夜』（一九五六年）が一人称で語るのは、通過儀礼的な彷徨の体験、夜の闇で現実感を失った大都会を横切っていく体験である。トマの小説はどれも比較的みじかい。主人公はいずれも、ある種の境界地帯に住んでいる。彼らはごくありふれた男たちで、とくになんでもない体験に向きあう。ところがその体験が、彼らの物事の知覚を狂わせてしまう。たとえば『岬』（一九六一年）は、無為の生活を送って空無が身内にひろがっていくばかりのひとりの男の話だが、彼には生死の意味がほんのわずかに変わってしまったように見えてくる。してみると、これらの物語の筋を要約することはできない。ドラマはつねに未決の構造をそなえているからだ。『ジョン・パーキンズ』（一九六〇年）には、ドラマのこうした不確かさや曖昧さがみごとに示されている。じっさいアンリ・トマはこの小説に、二つめの結末を用意している。「ある周到さ」が、いったん完結した小説を引き伸ばし、最後の数頁を別の論理から書き換えるのだ。この第二の結末は、文体練習というようなものではもちろんなく、この小説の眼目そのものである「ためらい」を証立てるものなのである。

ジャン・ジオノは後期の作品で、出来事のこうした不確かさに、きわめて重要な位置をあたえている。人間の行動の不可解さを解き明かすためには、展開すべき仮説をいくつも積み重ねていかなければならないが、ジオノはそうした仮説を実際にいくつも提示してみせるのである。後期の作品にはまた、ジオノが戦前に書いた幾多の小説にすでに生気をあたえていた並はずれた創造の息吹が通ってもいる。「年代記《クロニック》」と呼ばれる作品群の色調は、彼の戦前の小説よりはるかに暗いが、筋のほうはたいていの場合、なんらかの劇的事件を中心に組み立てられている。たとえば『ポーランドの風車』（一九五三年）は、年老いた公証人が語り手となって、ジョゼフ氏の死にいたる運命をたどっていく。この小説では、話が過去にさかのぼったり、解決を待つ謎がいくつも出てきたり、どんでん返しや気ちがいじみた行為が見られたりするが、実際にも、主人公が愛する女性をさらっていくところはロマネスクな興趣に富んでいる。ジオノは、新機軸の叙述技法の考案に余念がないというわけではないにしろ、冷静で狡猾なひとりの語り手を前面に押し出そうとしている。語り手は、人びとの噂話や庶民の大げさな話から織りあげられた物語を解きほぐし、その糸をあらためてひとつの物語に織りなおしているのである。

こうした語りの技法が頂点をきわめるのは、おそらく『気晴らしのない王様』（一九四七年）によってだろう。この小説は、語り手をいくたびも変えながら、死に魅せられたラングロワの物語を断続的に追っていく。話はまず一八四三年、殺人者の影におびえるプロヴァンス地方のとある村に設定される。ラングロワが殺人犯の追跡に加わり、犯人が意表をつく仕方で〔ラングロワの発砲を受けて〕死ぬところで、第一部が終わる。ラングロワは三年後、軍隊を退役して村に舞い戻ってくる。オオカミ狩りが行なわれた際、ラングロワは三年前の射殺を再現するかのごとくオオカミを撃ち殺す。そして妻をめとるが、最後には常軌を逸した方法で自殺する。外に出て葉巻がわりにダイナマイトの弾薬筒を口にくわえ、火をつけるのである。そのときの語り手の言葉がすばらしい。「そして庭の奥で巨大な金色がはじけ、ひとしきり夜を照らしだした。それはついに宇宙の大きさにまで広がったラングロワの頭だった」。筋そのものは直線的に進行していくが、そこにつきまとう謎が、さまざまな視点や矛盾しあう証言やらを交錯させ、時間を錯綜させていく。いわば「気晴らしのない王様」〔パスカルの『パンセ』に出てくる言葉〕であるラングロワは、あらゆる人間に宿っている殺人の欲望に、あまりに深くとらわれてしまったのである。雪の上に点々と残された血痕のモチーフが繰り返し現われ、血痕が（クレチアン・ド・トロワの物語に登場する騎士ランスロがとらわれたような）催眠効果を及ぼすところには、血というものが持つあの魅惑的な力、犠牲という行為にそなわるあの美的魅力が示されている。

かくして、ある種の狂気がジオノの創造する主人公たちに宿ることになる。みごとな出来ばえを示す最後の小説『スーサのアイリス』（一九七〇年）にも、その種の狂気を見出すことができる。この小説では、〈男爵夫人〉と鍛冶屋のムラトールの痴情話において、トラングロが意図せざる主役を演じるはめになる。語り手もまた、いったい何がひそかに、そして当事者の意図を離れたところで、人物たちの行為をうながしているのか、その要因を理解しようと努める。そのためには、出来事についての幾多のとらえ方を比較し、また言葉を主役たちに託さなければならない。そのためには、ジオノは、人物たちの声をみごとに記していく。ジオノの登場人物たちは何よりもまず話し手なのであって、ジオノは各人に固有な語調を実にたくみに再現するのである。したがって「年代記《クロニック》」は、かつて起こったなんらかの劇的事件を再現するものではあるが、そうした劇的事件は、悲劇的な記憶を言葉にする役目を負った語り手たちの声のフィルターを通過することなしには浮かびあがってこない体のものなのである。

ジオノは現代史からあえて遠ざかり、前世紀を用いて現在を間接的に描こうとする。しかしこうした距離のおかげで、ロマネスクな題材をはばかることなく選びだすことが可能になる。たとえば「アンジェロ」連作で、ジオノはスタンダール的な軽やかさへと回帰し、主人公に一八三〇年代のプロヴァンスからイタリアにかけての地域を駆けめぐらせている。青年騎兵アンジェロ・パルディは、コレラで荒廃したマノスク地方を通り抜けようとして、住民たちに追われる身となっていたところへ、ポーリーヌ・ド・テウスに出会う。そのあたりのアンジェロの冒険が、『屋根の上の軽騎兵』（一九五一年）の筋書きをなしている。冒険活劇と一目惚れの恋の物語が、悪に深く結びついた人間についての懐疑的な考察と混じりあう。連作の枠内では、『狂おしい幸福』（一九五七年）がこれに続き、『アンジェロ』（一九五八年）では物語の時間が過去へとさかのぼる。饒舌な一大絵巻である「軽騎兵」連作は、ジオノみずから記しているように、「当世の無味乾燥と冷笑精神への反発から」構想されている。社会参加の文学に対抗してロマネスクな要素やイタリア的精神を敢然と引き受けながら、軽やかであることとたぐいまれなることの倫理を説くのである。

同じような主張は、短調への傾きをはっきり示しながらも、「軽騎兵たち」と呼ばれた小説家たちも表明している。ロジェ・ニミエを中心とする一群の作家たちは、省略技法や縮約表現に磨きをかけ、小説づくりの面での無造作や、モラルの面でのある種の冷笑的態度を洗練させていく。彼らには実存主義者たちの態度がいかにもしかつめらしいものと映るのであり、そういったしかつめらしさへの反発として、個人主義的な価値観を掲げ、尊大な態度を誇示してみせる。だが今になってみると、彼らの尊大さもおとなしいものに見える。アントワーヌ・ブロンダンとジャック・ローランは、とりわけニミエの『青い軽騎兵』（一九五〇年）に代表される、そうした潮流のうちにある作家である。フランソワーズ・サガンの『悲しみよこんにちは』（一九五四年）は、ヌーヴェル・ヴァーグの映画にみられる自由闊達な雰囲気をある面で先取りしており、刊行と同時に広範な読者を獲得する。一人称の語りを採用し、ラディゲを思わせる古典的文体で綴られたこの短い小説は、セシルが父親の愛人であるアンヌを追い落とすにいたるまでのいきさつ――父親は規範にこだわらぬ男だが、アンヌのほうはもっと普通の家庭生活を望んでいる――を描いている。かつてなかった語り口、思春期のみずみずしさ、物語を浸すノスタルジーの香りといったもののおかげで、この小説はハーフトーンの魅力を失わずにいる。

ジオノに近い詩的な趣が感じられるとはいえ、アンリ・ボスコの作品は別に考えておくべきだ。ボスコのおおかたの小説でもまた、プロヴァンス地方が背景になっており、自然界の根源的な諸力に支配的な役割があたえられている。最もよく知られたタイトルには、『テオティーム屋敷』（一九四五年）、『川と少年』（一九四五年）、『マリクロワ』（一九四八年）がある。『マリクロワ』では、ローヌ河に浮かぶ川中島の遺贈をめぐって、マルシアル・ド・メグルミュが正真正銘の通過儀礼を経験するはめになる。通過儀礼は、嵐の挿話で頂点をむかえるが、そこには明らかに宇宙的《コスミック》な響きがこもっている。ボスコの手になる象徴性の高い物語には、本書の第一部で詩的レシに触れたときに指摘した特徴の大半が見出せる。

象徴性といえば、それがボリス・ヴィアンの手にかかると、遊び心あふれる奇抜なものになってくる場合がある。イメージと言葉の無償の力が前面に出てくるのだ。ヴィアンは、若い読者のあいだであいかわらず人気を保っている作家で、狂おしいまでの愛を、無意識の法則に服する幾多の寓話的小説のなかで謳いあげている。たとえば『うたかたの日々』（一九四七年）のなかで、クロエの肺を徐々に冒していく睡蓮は、彼女とコランのカップルの退廃を示す美しいメタファーになっている。「僕は大部分の自分の時間（le plus clair de mon temps）〔「最も明るい自分の時間」という意味にもなる〕を、暗くしてすごす」というアフォリズム、『北京の秋』（一九四七年）における気ちがいバス、『心臓抜き』（一九五三年）における鳥になった子供たちといったものは、ヴィアンの言葉遊びを示す恰好の例である。どうやらシュルレアリスト風の、言語遊戯による語と語の思いがけぬ結びつきを介して、幾多のイメージが出現してくるようである。しかし言語遊戯が優位に立って詩的役割をはたし、完全な成果をあげることになるのはおそらく、一時はアンドレ・ブルトンとつながりのあったレーモン・クノーの手にかかるときであろう。筋立てはリアリズムの規範にはもはや従わず、出来事はたいていの場合、逸話や生きいきした会話のなかに溶け込んでいる。どうやら出来事は、この世界でわれわれが生きる条件であろう遊戯や夢の営みと、もはや切り離すことができなくなっているようだ。

戦前に書かれた初期のクノーの小説には、多少なりとも自伝的要素が含まれ、どちらかといえば直線的に進行する筋書きが保たれている（とくに『オディール』（一九三七年）、『きびしい冬』（一九三九年））。物語叙述のさまざまな可能性との戯れがいっそう際立ってくるのは、『リュエイユから遠く離れて』（一九四五年）からだ。「白昼の夢想」を小説に仕立てたこの作品では、主人公のジャック・ロモーヌが、ありうべき多くの人生を夢想する。『青い花』（一九六五年）は、時間的に隔たった二人の人物の別個の生活を交互に語って、めまいすら感じさせる。しまいには、どちらがどちらの夢であるのかわからなくなってくるのだ。クノーの小説は言語の面で、きわだった対照を示すさまざまな水準の語り口を名人芸なみに使い分け、話し言葉の音声をそのまま転記した文字を高尚な文体に混ぜあわせたりする。最も有名な事例は、『地下鉄のザジ』（一九五九年）の冒頭に出てくる例の「なんてくせえやつらだ **Doukipudonktan** (d'où qu'il pue donc tant !)」である。この小説では、パリにやって来た十三歳の少女の数々の冒険が、ぎくしゃくしたリズムで繰りひろげられるが、結局のところ出来事らしい出来事はほとんど何も起こらない。なにしろパリの地下鉄はストライキの最中で、ザジは楽しみにしていた地下鉄を目のあたりにすることが叶わないのである。だが、話をしながら「ケツくらえ」と決然と言い放つ（ロラン・バルトは「ザジ的結句」なる気のきいた呼び方をした）、からかい好きの主人公の少女は、小説の最終行の彼女自身の言葉を借りれば、「年を取った」らしい。これも、伯父さんのおかげであらゆる種類の風変わりな人間たちに出会ったせいなのである。

　クノーの小説は、筋の展開にこそさほど緊迫感はないが、奔放な喜劇調の語り口が、文章を前に進める動因のひとつになっている。しかしそうした喜劇調によって、懐疑思想が覆い隠されることはない。小説の内容にも関わるそうした哲学的態度はおそらく、クノーがみずからに課す規則や秘密の約束事のうちに、その進路を見出すのだろう。じっさい、一九六〇年に「潜在文学工房《ウリポ》」を創設するクノーは、規則にもとづく言語遊戯の創造性を信じ、自身が小説を書く際には極端なほどの厳密さで諸要素を配列する。かくして自由奔放な着想が、構成に対するほとんど数学的な配慮と結びつく。クノーから決定的な影響を受けることになるのはジョルジュ・ペレックだが、ペレックについては第三部で触れることにしよう。

II　物語《レシ》の限界

　今しがた扱ってきた作品はいずれも、自由をどの程度まで重視するかに違いはあるにせよ、小説の空間のうちにとどまりながら、ロマネスクな色彩を際立たせたり、言語の遊戯性に力点を置いたりする。しかしある種の戦後作家は小説そのものに逆らい、小説ジャンルをつかさどる暗黙の規則に抵触して小説を決壊寸前のところにまで導いていくことがある。なんらかの侵犯行為をかなめにして物語の境界を揺るがす場合もあれば、読者がフィクションに通常あたえている信用を突き崩していく場合もある。

　ジョルジュ・バタイユの物語作品によって、物語《レシ》は不可能性の場に、ありとあらゆる侵犯行為をうながす過剰の空間になる。バタイユのテクストはたいてい偽名で書かれ、執筆からだいぶ時を経て出版されている。またポルノグラフィックな性格のせいで、ほんの少数の読者にしか読まれていない。だがこんにちでは、言語を徹底して限界にまで導く試みのひとつと見なされている。バタイユの小説はたいてい一人称の語りを採用し、物語はいずれもなんらかの宗教的な探索に関わっている。だがその探索は、汚辱の体験を経なければならず、錯乱を引きおこしもする。また女性が導き手となって数々の倒錯行為が行なわれ、あらゆる（だが同性愛を例外とする）禁忌から主体を解放することになる。執筆は一九三五年にさかのぼるが、一九五七年になってはじめて出版された『空の青』では、導き手の役割を割り当てられるのはダーティである。ダーティの名には、明らかにそれなりの意味が込められている〔英語で「汚れた」を意味する〕。語り手は自分自身を乗り越えるために戦前のヨーロッパを渡り歩き、ドイツのトリエールの墓地にたどり着く。最後の場面で、語り手は墓場のやわらかな土のうえでドロテア／ダーティとまじわる。バタイユのテクストに見られるエロティシズムは、病的な想像力という以上の何かから力を汲んでいる。この点は、マルローとの関連でも指摘しておいた。つまりエロティシズムは、バタイユがとなえた説によると、個人を超克するための方途のひとつなのである。極限にまでおし進められた倒錯行為は、実は不可視のもの（女性器や死）を見るための手段であり、不可能であるはずの死の経験を可能にするための手段なのだ。オーガズムは――「小さな死」とも呼ばれるように――死の代理体験なのである。バタイユのこうした目論見を示しているのが、凍ったような語りの冷たさであり、『マダム・エドワルダ』（一九四一年）や『わが母』（一九六六年）でだんだんはっきりしてくる話線の断片化である。こうした叙述スタイルが、どうしても満たされないがゆえに新たな絶頂体験へと挑んでゆくバタイユの探求のあり方を示しているのだ。

まことに挑発的なジャン・ジュネの物語作品は、自伝の境界とたわむれている。だがこれは、過去の伝説的な自己イメージを捕捉するためなのである。ジュネの小説は、栄光に輝く犯罪者という像のまわりをめぐったり、同性愛を賛美したりしながら、汚辱の体験を美しく変貌させていく。ジュネにあってもまた、倒錯行為への沈潜は宗教的な巡礼行に似たところがある。逆説的ながら、そこでは恥辱が聖性にいたるための道なのである。たとえば『花のノートルダム』(一九四四年)は、女装の同性愛者ディヴィーヌを賛美する物語だ。ジュネの小説に登場する人物たちは、幻影の支配する世界に暮らしている。現実を模倣する演技と作法の世界に生きているのだ。ために数々の倒錯的儀礼は、ロマネスクの極地へといたり、誇張され、象徴性を付与される。儀礼によって見かけがくるくると入れ替わる世界で人は現実感を喪失し、男女の見分けもまったくつかなくなる。そんなジュネの分身妄想が頂点に達するのは、物語作品の系列の最後に位置する『ブレストの乱暴者』(一九四七年)においてである。バタイユやジュネほどに価値紊乱的というわけではないが、アンドレ・ピエール・ド・マンディアルグの世界もまた、侵犯行為の上に打ちたてられている。彼の小説では、暗鬱で洗練されたエロティシズムが繰りひろげられる。おかげで物語は幻影の空間と化し、欲望によって相貌を変えた余白の世界が現出する。『オートバイ』(一九六三年)は、バイクを不思議なほど性的に描くことに成功している。これともうひとつ、『余白の街』(一九六七年)を挙げておこう。

　侵犯行為は、単に物語のテーマに関わるだけではない。バタイユにおいて侵犯は、不可能を指し示す手段として主題内容にとどまっていたが、モーリス・ブランショにあっては、書く行為《エクリチュール》の進展そのものに絡んでくるようになる。ブランショはきわめて重要な文学理論家であり、みずから物語《レシ》を執筆する場合でも、そこから批評的な問いかけを切り離してはいない。ブランショのテクストは、抽象的な迷宮の空間をさまよう。そこでは言葉を話し書く人が、そのとき語ろうとしている何かはっきりとはわからない出来事に対して、安定した距離を保つことができずにいる。『来るべき書物』（一九五九年）や『終わりなき対話』（一九六九年）におけるブランショの、たえざる問いの対象である「語りの声」とは、まさにこうした、テクストの運動のうちに探し求められるべき何かと関わってくるものだ。ブランショのレシはいずれも、カフカの影響いちじるしい幻想的な雰囲気に浸っているので、そこには何かの寓意が込められているようにも見えるが、そのような意味を探ろうとの試みも、結局のところ撥《は》ねつけられてしまう。寓話的な物語は、ある予見不可能な筋道をたどって、むしろ名状しがたい何かを迎え入れる場に変成しようとする。その何かは、ひとえにフィクションの不安定な運動のうちにのみ、その刻印ないしは痕跡をとどめることができるのである。しかし同時に、こうして何かの存在に接近しても、その現前じたいは逃れ去り、相次ぐ不在に見舞われるので、その受身の担い手である主体の地位も深いところで揺らぎはじめる。ブランショのレシの「登場人物」たち――この語が、ここでもなお妥当だとして――は、おのれを超え出るなんらかの無名の力のなすがままになっている。彼ら登場人物たちはたいていの場合、『謎の男トマ』（一九四一年）におけるトマのように、ファーストネームしか持たない。あるいは後年のレシともなると、どんな素性《アイデンティティ》すらも失くしてしまい、そこにいるのは「彼」や「彼女」だけということになる（『最後の人』、一九五七年）。

ブランショにあっては、いっさいのものが何か逆説にみちたためらいに捕らえられている。そこでは、ありとあらゆる名辞がその反対物に裏返ってしまう。死は、生へと変わる。だがこの生は、死ぬことの待機である。『死の宣告』（一九四八年）では、Jの尋常ならざる蘇生が、二部構成の小説の転換点になっている。『期待　忘却』（一九六二年）は、諾と否のあいだでの、めまいのするような振幅の上に構築されている。あたかも中性の空間は、つまり肯定とも否定ともつかぬような中間領域は、弁証法にはけっして取り込むことができず、ただこうした振幅においてのみ指し示すことができるとでもいうかのようだ。ブランショのレシはこうして、物語叙述の通常の法則にみごとに異議を申し立て、直線的な語りを繰り返し反転させては堂々めぐりの循環構造のうちに引きずりこんでしまう。それゆえ物語叙述が行なわれるのは、もはや小説《ロマン》の空間においてではなく、むしろ方向を喪失したレシにおいてなのである〔小説《ロマン》とレシの区別は、ブランショ自身が『来るべき書物』で行なっている〕。ブランショは、六〇年代から七〇年代にかけてのあまたの作家に決定的な影響を及ぼすことになる。ということはつまり、戦後のある種の作品は、「語りの声」にじかに疑義を突きつけるということだ。こうした疑義が、その種の作品のドラマを動かしていくということである。だから重要になってくるのは、内容のあるフィクションの空間を繰りひろげることよりむしろ、語りの声が偽装されたものなのではないかという疑惑に読者を絶えず立ち返らせること、この声の空間そのものが真のフィクションなのではないかという思いに立ち戻らせることであるだろう。

　ここで二つの名前が浮かびあがってくる。ルイ＝ルネ・デ・フォレとサミュエル・ベケットである。複数の声をまじわらせて抒情の息吹を通わせる小説『物乞いたち』（一九四三年）のあとにデ・フォレが書いた『おしゃべり』（一九四六年）は、たぶん最も過激に語りの声の問題を追求している作品だろう。独白劇ともいえよう『おしゃべり』は、『成熟の年齢』（一九三九年）のミシェル・レリスのように、最も恥ずべき自分の欠点をさらけだそうとするひとりの男のおしゃべりから成っている。この男はだから、性懲りのないおしゃべり男なのである。だが彼の「侮蔑的告白」は、報告している数々の経験が本当の話なのかどうか、この点にみずから絶えず疑いを投げつづけるのだ。みずから「発作」と呼ぶ経験を劇的に誇張しながら語るおしゃべり男は、自己を暴露するとともに自己を隠蔽してもいる。話したいという欲求がはじめてあらわになるのは、彼が断崖の縁にひとりきりでいるときだが、すぐにまた、とある「ダンスホール」でもおしゃべりの病が発症する。語り手はそこで、ついに思う存分おしゃべりをして高揚感を覚えるが、たちまち自分が嘲笑と蔑視を引きおこしていることに気がつく。主人公の探求の旅は、ドストエフスキーを思わせる一連の屈辱的体験を経たすえに、奇妙な啓示の瞬間にいたり着く。その啓示が訪れるのは、朝まだき、雪に覆われた公園で、近くから聞こえてくる子供たちのコーラスの声を耳にして、彼が恍惚となっているときのことだ。

したがって数々の試練は、主体と主体自身の感動的な和解にいたったとも考えられる。読者もそのように考えそうなところだが、小説は第三部に入って、まぎれもない破壊を演じてみせるのだ。啓示体験は嘘だったのである。しかも言語活動は、話す主体をその主体自身と和解させることなどできはしない。というのも言語とは、本質的に隔たりと分離をうながす力にほかならないからだ。おしゃべり男は、聞き手に激しく嚙みつく。自分が話してきたことはぜんぶ嘘で、とにかく話をしたいという欲望を満たすためのでっちあげだったというのだ。話の内容に対して話す行為そのものが、つねに優位を占めてきたというわけだ。こうして最後に、それまで述べられてきた事柄が取り消されることになる。だがそれは戯れになされるわけではない。自分自身の現実性すらも損なうにいたるおしゃべり男の激しさは、他者や言語との和合を気ぜわしげに求めていることを示しているのだ。いっさいが（たぶん）つくり話だというのは、「私」と言う声そのものからして最初の作り話であり、〔論理学でいう〕論点先取りの虚偽だからである。デ・フォレのこの小説は、まさにこうした虚偽を暴こうとしているのだ。となると、それまで話してきたことがぜんぶ嘘だという最後の告白も、これはこれでまた、疑われるべきではないのか。めまいのような感覚にとらわれたまま結末の言葉で乱暴に突き放されてしまう読者はこうして、乗り越えがたい不確定性に直面するのである。『子供部屋』（一九六〇年）に収められた諸編は、フィクションを担う語りの声をひっくり返していく仕掛けによって、『おしゃべり』と同様のめまいを引きおこす。人物たちの同一性の混乱、他者に自分を投影して他者からその秘密を奪おうとする欲求といったものが、『子供部屋』の寓話的短編の中心にある。いずれの短編も、ものを書くことの寓意と化して読者を昏迷に引きずりこむ。

話をもっと広げれば、ある種のレシはみなそろって、ジャン・ケロールが『他者への愛を生きん』（一九四七年）三部作の第一部に選んだ、『誰かがあなたに話しかける』というタイトルを冠することができそうだ。じっさい、ここで話題にしている諸作品を特徴づけているのは、その前面に、程度の差はあれ芝居がかった語りの声を掲げてみせていることなのである。こうした声は、フィクションの枠が課す境界をはみ出して、テクストの空間そのものになる。しかもこの話し声は、みずから「私」と言うときでさえ、非人称的な声なのである。その声は、無名で未分化の言語の運動なのだ。その声が、ある主体性と出会うように見えたとしても、つまりひとりの「私」のうちに体現されることがあっても、かりそめに、ないしは暫定的に、そうなるにすぎない。「誰かがあなたに話しかける」というのはつまり、話をするなんらかの力がひとりの個人の形象をまといつつも、その個人が本当に主体であるかどうかは不確かなままである、ということなのだ。『他者への愛を生きん』を構成する諸編が、収容所体験の刻印をおびているのには、それ相当の理由がある。主人公のアルマンは、あらたなラザロ〔新約聖書中の人物で、病死したが、キリストによって復活した〕である。収容所のおかげで、空虚で恐ろしいものとなってしまった世界。そこに住まうことを、アルマンはゆっくりと習得しなおしていく。彼は収容所の生き残りとして、事物の表面を滑っていくような体験を持たざるをえない。しかしやがて、外界や他者との接触を取り戻すことができるようになる。この三部作がたどる行程は、ブランショが言う意味での「レシ」から、小説《ロマン》へと向かっていく運動を示している。つまり、最初のレシは一人称で語られているが、その一人称は無名の空虚な「私」である。〔第三部にあたる〕『燃え上がる炎』(一九四八年)になると、ひとりの人物、ひとつの物語、ひとつの家族が、言い換えればすなわち、ひとつの確固たる小説空間が成り立っており、三人称による物語叙述へといたるのを可能にしている。こうしてケロールは伝統的な考え方をひっくり返し、一人称を無名の誰か——アウシュビッツ以後の非人間化した世界における無名の誰か——の代理人に仕立て、「私」を手立てにして終局的には「彼」を奪還しようとするのである。

作者とは別個の作中人物に関する虚構契約や読者の積極的な信憑から成り立っている「小説《ロマン》」と、不安定な発話行為によって流動する場である「レシ」とのあいだでの、この種の揺らぎは、ベルナール・パンゴーの諸作品を突き動かしてもいる。『原初の情景』(一九六五年)は、ある思い出をさぐりながら、その思い出が幻想の光景の様相を帯びていくにつれて、語りの声をも変形させていく。『さらばカフカ』(一九八九年)には、カフカの小説的分身たるひとりの人物が書いたとされる数々の物語が、フィクションによってまとめられている。実作と並行して書かれたパンゴーの批評的エッセイは、こうした隔たりの仕掛けがなにゆえ必要であるかを解き明かしている(『小説的経験』、一九八三年)。

このような特異な声を、どんな主体をも超出してしまう声を、方法的に探求すること。これこそがサミュエル・ベケットの作品の、果たし終えることなき責務だったのではないかと思われてくる。『モロイ』(一九五一年)は、アイルランド出身のベケット(一九六九年にノーベル賞)がフランス語で刊行した二作目の小説であるが、これはまさに革命の名にふさわしい作品だ。この小説は、合わせ鏡のように互いを映しだす二つの部から構成されている。第一部は、モロイのみじめな冒険の数々を物語る。松葉杖にすがり、取るに足りない石ころをしゃぶったりするモロイは、ひとつの声によって、わけのわからぬ探索行へといざなわれる。第二部では、モロイにかわってモランが登場し、モロイの跡を追って捜索に乗りだすが、しまいにはモロイの彷徨と失墜を再現するにいたる。それぞれの語り手は、自分の身の上話の始まりに戻ろうとするとたんに、必ず話をでっちあげるはめにおちいるが、そのようなでっちあげに対する容赦のない異議を、小説は語りの随所に織り込んでいく。オイディプスの冒険をあざ笑うかのようなベケットの小説は、フィクションのありとあらゆる手法を突き崩していく。滑稽きわまりない奔放な喜劇調の語り口でもって、フィクションに必須のあらゆる手法を告発してみせるのだ。したがってベケットの作中人物たちは、もはやどんなリアリズムの体制にも属してはいない。彼らは、人間の不条理な側面を実に印象的にかたどりながらも、同じことを執拗に蒸しかえす声そのものになりおおせる。その声は、穴だらけの混沌たる記憶に、秩序をもたらすことがもはやできなくなっている。

『マロウンは死ぬ』(一九五一年)と『名づけえぬもの』(一九五三年)は、ベケット的アンチヒーローがおちいる状況を、いっそう過激に描いている。不可能な沈黙をめざして尽きることのない独白を繰りひろげる『名づけえぬもの』は、ありえようはずのないおのれの消尽へと向かう、境界の定まらない言葉の流れから成り立っているように見える。物語の話し声は、さまざまな存在に乗り移ってはその殻を棄て去っていくので(「私」は、もはやマロウンでも、マフードでも、ワームでもない)、もはやそこに境界線を引くことはできない。これを示すのが、二九頁以降〔ミニュイ社から刊行された初版の頁数を指す〕、段落分けが消滅してしまう事実である。以後の二〇〇頁は、ひと続きに展開してゆく。ここでは、フィクションそのものが維持できなくなっている。残るのはただ、肯定と否定の言葉を運ぶひとつの声だけである。

言語の豊かさを徹底的に切りつめていこうという、この奇怪な禁欲的決断には、ベケットの虚無的ユーモアが随伴するのみである。しかし、こうした言語の縮減こそが、ベケットの言語に比類のない詩的な力をあたえているのだ。

五〇年代以降、ベケットのテクストは、こうした志向を、短い散文によって具体化するようになる。あたかも未完成を定められた発語に決着をつけうるのは、逆説的ながら、物語の短さだとでもいうかのようだ。ベケットは、『短編と反古草紙』（一九五八年）から『また終わるために、その他のしくじり』（一九七六年）にかけての短い実験的著作を、中途で放棄した作品と見なしているようだ。こうした、いわば頓挫したフィクションの断片は、「見ちがい言いちがい」（一九八一年に刊行されたレシのタイトルである）を詰めこんだ独自の言い回しやリズムをつくりだし、言語を衰弱へとみちびいてゆく。長めの著作としては最後のものにあたる『事の次第』〔*Comment c'est*〕（一九六一年）は、小説と銘打たれてはいるが、それは小説というジャンルの解体をさらに推し進めるためだ。語の名指す力を問う（comment c'est?）一方で、物語じたいはいっこうに始まる（commencer）ことができず、また本当の意味で終わることもできない。これらベケットのレシには、類例も後継も存在しない。新機軸の統辞法《シンタクス》を生みだしつつも、一定の方法に従っておのれを袋小路へと追いつめてゆくからだ。ただしそこからは、ひとつの特異で比類のない声が、滑稽であると同時に心揺さぶる声が、執拗に響いてくる。皮肉のきわみではあるが、その声こそが、ついには二十世紀の大作品のひとつを築きあげてしまったのである。

第三章　ヌーヴォー・ロマン

隅っこにたたずんでいるだけとはいえ、一枚の有名な写真にベケットの姿も写っている。それは、ミニュイ社の出口で撮られた写真、党派というものを好む国で、ひとつの新しい党派の公式の肖像画となった写真である。その党派の名を、ヌーヴォー・ロマン〔新しい小説〕という。この名は、一九五七年の五月に、ル・モンド紙の記者だったエミール・アンリオが案出したものだが、アンリオはこの名をむしろ蔑称として用いていたのである。アラン・ロブ＝グリエがこの名を横取りし、ロラン・バルトやリュシアン・ゴルドマンを代表とするヌーヴェル・クリティック〔新しい批評〕の批評家たちも陣営に加わることで、ヌーヴォー・ロマンは、ある種の作家たちを一括りにする呼称として定着する。彼らは、とりわけ共通の拒絶のあり方によって定義づけられ、同じ種類の攻撃に対して共同戦線をはる。それゆえ正確には、彼らは流派《エコール》をなしているとはいえない。主導者もいないし、宣言《マニフェスト》があるわけでもないのだ。しかし初期に刊行された小説に続いて、いくつかの批評的な検討作業は行なわれている。ヌーヴォー・ロマンの作家たちには、それぞれに固有の流儀と、固有の世界がある。だから、それぞれの違いを際立たせようと思えば、容易にできる。しかしヌーヴォー・ロマンの運動は、あくまでもまとまりとして考えるべきだと私は思う。なぜならこの運動は、敵と味方に分かれての激しい論争を通じて、文学に対するさまざまな考えを明確にしてみせたという点で、徴候的だからだ。クロード・シモンが一九八五年にノーベル賞を授与されたのは、それだけの価値があったからだが、意味もなく攻撃的な反発も見られた。この事実は、ヌーヴォー・ロマンが当時どれほど険悪な空気をフランス文芸に残したのかを、三〇年後に示したわけである。

評論のかたちでヌーヴォー・ロマンの綱領の形成にあずかったエッセイを、三つ挙げることができる。その三つを突き合わせることで、この運動の基本方針を描きだすことができるだろう。三つのエッセイとは、ナタリー・サロートの『不信の時代』(一九五六年)、ロブ=グリエの『新しい小説のために』(一九五五年)、そしてミシェル・ビュトールの『小説についての試論』(一九五五年)である。文学を何かのための道具だと見なす考え方(文学は社会参加や社会主義リアリズムに奉仕するためにあるという考え方)に対し、これらのエッセイは、偉大なる小説革新者たちの衣鉢を継いで、小説の自律性を主張し、形式上の革新を提唱する。この点で、カフカ、プルースト、ジョイスが主たる指標になる。つまり伝統的な小説と縁を切ることが肝心で、すでに絵画がそうしていたのと同様に、文学は、文学に固有でないものを取り除いていくべきだと訴えるのだ。使い古されたリアリズムに対抗して——彼らは、リアリズムにかなり図式的なイメージを(バルザックについてのロブ=グリエの論評にみられるように、戯画的なイメージを、とまでは言わないにしても)あたえているが、——ヌーヴォー・ロマンの作家たちは、各自ちがった方針を採るとはいえ、そろって伝統的な作中人物観に異を唱える。つまりもはや、もろもろのリアリズム的属性(名前、家族、職業、世界観)をそなえた、輪郭の定まった典型的な個人としての人物を描くわけにはいかないだろうし、小説が好んで行なってきた心理分析、イデオロギー上の前提事項にすぎないものを万古不易の真理として受け取らせてきた心理分析に従うわけにもいかないだろう。同様にして、決定論の因果律に対して闘いを挑まなければならず、物語がつくられ構築されつつあるさまをさらけだしてみせることによって、リアリズムの擬制を解体しなければならないのだ。

この意味で、『ヌーヴォー・ロマンの諸問題』（一九六七年）〔巻末参考文献【21】参照〕のなかにジャン・リカルドゥーが書きつけた有名な文言、つまり重要なのは、もはや冒険を書くことではなく、「書くことの冒険である」という文言は、どんな転倒がなしとげられたのかを集約して表わした言葉だといえる。紋中紋の技法を駆使したり（これはジッドが用いた技法をなぞるものだ）、物語の鏡像性を際立たせるもろもろの手法を掲げたりして、書かれたものは、書く行為そのものを映しだす。こうして、記号表現《シニフィアン》や言葉遊びの役割がさまざまに強調されるが、言葉が言葉を呼び起こすことでできあがっていく構成要素の連鎖は、もはや「本当らしさ」の見せかけの背後に身を隠そうとはしない。ヌーヴォー・ロマンに曖昧なところがあるとすれば、それは現実の歴史や指示対象《レフェラン》との関わり方から来ている。テクストが自身の形成過程をひけらかし、また形式にかかわる作業をそれ自体として強調するとしても、政治的な目論見が手放されるわけではないのだ。ロブ＝グリエやクロード・シモンにとっては、革新的な形式こそが、それ自体で革命的なのである。つまり革新的な形式は読者の積極的な参加を要求し、まさに昔ながらのイデオロギー言説からの離脱をうながすのだ。となると、ヌーヴォー・ロマンが新しいリアリズムを標榜することがあっても、さほど逆説的なこととはいえない。

たとえば、ヌーヴォー・ロマンは「視線派」であると言われたこともあった。じっさい、視線の対象たる事物に割り当てられた役割をみると、ヌーヴォー・ロマンが何をめざしていたのかがよくわかる。この点については、ロブ＝グリエの作品を読むとはっきりする。『消しゴム』（一九五三年）の冒頭、極端なリアリズムの視線から眺められた、例の四つ切りのトマトの断片の描写は、深みを欠いた事物を示し、事物を平らに均してしまう。リュシアン・ゴルドマンはいみじくもこの描写に、人間が物と化し商品が支配的になる消費社会の徴候を読み取った〔巻末参考文献【15】参照〕。『消しゴム』は、オイディプスの物語の、皮肉を込めた書き換えである。ヴァラスは、すでに起きてしまった（あるいはむしろ、意図せずに彼が犯そうとしている）ある犯罪を捜査するうちに蒸発してしまう。さまざまな説話コード、とくにここでは探偵小説のコードとの戯れが、筋の展開との距離を生みだす。筋立ては解体して断片と化し、小説のテーマを反映する数々のイメージ描写のうちに分散してしまう。ひきつづき『覗くひと』（一九五五年）でも、客観描写が積み重ねられる。とりわけ犯罪の道具となる一本の細紐の描写が、妄執のようにしつこく繰り返される。早くもこの二作目の小説で、エロティシズムがロブ＝グリエの想像世界の重要な構成要素のひとつとして際立ってくる。覗かれた光景は、性的妄想と切り離せないのである。『嫉妬』（一九五七年）において若干の変化が見られるのは、たぶんこうしたエロティシズムが要因になってのことだろう。『嫉妬』〔*La Jalousie*〕という題名は、jalousie という語の二つの意味〔「嫉妬」と同時に「ブラインド」の意味がある〕と意図的に戯れてみせたものである。すべては嫉妬ぶかい夫によって、ブラインド越しに、偏執的に眺められ、描写されるのだ。この夫はブラインドのところから、妻とその友人の男の動静を見張っているのである。それゆえ語りの視点ということが、問題の核心に位置するようになる。だが妻の浮気を示す一連の動作が、現実に起きていることなのか妄想にすぎないのか、読者にはわからなくなってしまう。このようなかたちで話の内容に差し挟まれる疑念こそが、ロブ＝グリエにしてみれば、イデオロギー批判の役割を果たす。つまり読者は疑念を抱くがゆえに、植民地のプランテーションに閉じこもったしがない白人である語り手の心理的投影の仕組みを、否応なしに理解させられるのである。

このように見てくると、ロブ＝グリエの小説世界はきわめて知的に構成されたものであることがわかる。それは、さまざまな部品の——オブジェ、反復される光景、絵画、あるいは描写された映像といった部品の――組立て遊び、知的な（そしてしばしば倒錯的な）モンタージュから生じてくるのであり、そうした部品から編みあげられた網の目のなかで、読者はいいようにあやつられるのである。あやつることの、またあやつられることとの快楽は否定しがたいが、それはまた、あまりに知的に練りあげられたロブ＝グリエ作品の限界にもなっている。六〇年代以降、ロブ＝グリエの小説は、物語の力をもっぱら覗き魔の妄想の世界から汲んでいるように見えるが、そうした妄想の世界を構成する諸要素（関節の外れた人形や芝居がかった陵辱）は、紋切り型におちいっていく。

ミシェル・ビュトールの小説四篇もまた、実験性に賭けている。『ミラノ通り』（一九五四年）で描かれるのは、パリのとある八階建てアパートにおける、夕方の七時から翌朝の七時にかけての生活情景である。『時間割』（一九五六年）では、主人公のジャック・ルヴェルが、ブレストンの街で体験してきた数カ月の出来事を語ろうとして、失敗する。執筆時の現在が時間の流れを二分し、語りの真実性を崩壊させてしまうのだ。『段階』（一九六〇年）は、ある意味で小説の放棄を示している。高校教師のピエール・ヴェルニエは、一時間の授業の様子を物語ろうとする。ところが、これほど限られた時間のことであっても、複雑な種々のつながり（生徒たちにとっては家族のつながり）のなかをさまよわざるをえないことに気がついて、こんどは彼の甥がその企てを引き継ぐことになるが、この甥もやがて別の語り手に役割を譲らざるをえない。これが小説の放棄を示すというのは、六〇年代以降のミシェル・ビュトールが、いっそう分裂してむしろ詩に近い形式、小説の枠をはみ出す説話形式のほうへ向かっていくからだ。『心変わり』（一九五七年）は依然として、ビュトールの最もよく知られた小説である。もしかすると、彼の書いた最も古典的な小説かもしれない。というのもこの小説は、いっしょに暮らす決意を告げようと愛人のもとに旅立つレオン・デルモンの、パリからローマへの列車の旅を、直線的に語っているからだ。この小説の独創的な点は、その発話の機構に、大胆かつ斬新な叙述スタイルにある。語り手が現在形で、しかも二人称の複数形「きみ（たち）」〔フランス語の二人称vousは単複同形〕で主人公に呼びかけるので、読者もまたその呼びかけに巻き込まれ、小説の冒頭でレオンが乗り込む客車のなかに投げ入れられるのだ。ありふれたこの列車旅は、逆方向の通過儀礼と化す。レオンは本を一冊手に持っているが、その中身を読むことはなく、今まで経験したすべてのローマ―パリ間の旅を回想したすえに、自分は妻と別れはしないと悟るにいたる。レオン・デルモンの「心変わり＝変容《モディフィカシオン》」は、二重である。つまり心変わりによって彼は出発点に連れ戻される一方で、地理上の空間が神話的空間に変容してしまい、ローマとパリが主人公の心の葛藤で重要な役目を演じるようになるのだ。プルーストの図式を踏襲して、小説の終わりは、レオンが自分の旅について一冊の本を書こうと決心する場面に設定されているが、その本は彼が持参してきた本、しかも彼自身がたぶんその著者であるような本なのだ。こうして小説が開かれたまま終わること、そして「きみ」という二人称が使われていることは、ヌーヴォー・ロマンがどれほど読者の積極的な参加を要求しているのかを示している。読者はそこで、作家そのものになるのだ。

　クロード・シモンの作品は、読者を言葉の奔流のただなかに投げ入れたまま、手を差しのべようとはしない。線状の時系列を完全に解体し、いくつかの決まった場面や主題のまわりを憑かれたように旋回しながら先へと進んでいく。そうした場面や主題は、反映しあったり照応しあったりしながら稠密な網の目へと織りあげられていく。私が思うに、シモンはヌーヴォー・ロマンの最も革新的な作家である。彼は混沌たる記憶のなかの険しい小径を、独自の流儀で踏査する。この点でシモンの作品は、プルーストの試みを批評的に延長させていると見なすことができ、またウィリアム・フォークナーの系統にみずから連なろうとしてもいる。シモンにあって現実とは、一種のマグマであり（これは、泥のイメージが随所で反復されることに示される)、時間を突き崩していく不断の流れであり、人びとが抱える印象やら幻影やら心の傷やらを押し流していく永遠の災厄である。なんらかの連想や語呂合わせをきっかけにして、ある時間の線から別の時間の線へと読者は気づかぬうちに移行している。だがこうした幻惑的な混線によってこそ、現実を正確に表現することができる。その原理的な無秩序を単純化することなく、音楽的に現実を構築していくことができるのである。

クロード・シモンは初期作品で手探りを重ねたあと、『風』(一九五七年、「バロック風装飾衝立復元の試み」という意味深い副題が付いている)によって、彼ならではの作風を見出す。『フランドルへの道』(一九六〇年)には、シモンの特異な文章技法がいかんなく発揮されている。あらゆる意味における壊滅(一九四〇年のフランス軍の壊滅、妻を寝取られたさる貴族の壊滅、ジョルジュの記憶の壊滅)を主題とするこの小説は、動揺を覚えずにはいられないド・レシャック大尉の死の思い出にみちびかれながら、その大尉を不条理な自殺へと追いやった理由について、さらには記憶と言語の力能について、疼くような問いを投げつづける。現在分詞を並外れて多用する語りは、もはやどんな固定した場所からも生じていない。誰が語っているのか(ジョルジュが一人称で語るばかりでなく、外部の語り手もいる)、どこから語っているのか(ジョルジュがコリンヌのかたわらで寝ている寝室ではありえないし、ジョルジュがブルムとともに幽閉されている囚人貨車でもありえない)、正確なことは何もわからないのだ。だがこうした発話の揺らぎが、決定的に重要なのである。その揺らぎこそが、間断のない回想の戯れを成り立たせているのだ。またそれは、テクストの中心にひとつの空白を穿ってもいる。この点については、小説のちょうど中間地点での、ドイツ軍の攻撃を受けた際のジョルジュの失神が、まさに象徴的である。したがって、プルーストにおけるような過去の総体的な復元などありえないだろう。そのかわりに、もろもろの声が交錯する。ブルムとジョルジュのあいだで、ひとつの再構成された物語の幻影が蒸し返されるように、声の交錯がここには見られるのである。

となると、話をみちびいていくのは、語り手の欲望だということになる。じっさい小説がクライマックスに達するのは、第三部でジョルジュとコリンヌの性交が驚くべき仕方で、つまりはフランドルの泥濘のなかに埋没する経験と混ざりあうかたちで、喚起されるときである。複数の時系列は混ざりあって紛糾していくが、そうした紛糾がこの小説に、まさに詩的な力というべきものを与えているのだ。『ストックホルム講演』〔ノーベル賞受賞講演〕(一九八六年)の表現を借りるならば、語が「意味の交差点」になる。たとえば、moule という語は、女性器に対する性的妄想を表現するために用いられる場合があるが〔moule は女性名詞として「ムール貝」を意味するが、「女性器」の俗語的表現にもなる〕、同じ語が男性名詞として用いられると〔男性名詞では「鋳型」を意味する〕、小さな鉛の兵隊をつくる工場についての夢想を誘いだす。なおかつ、この小さな兵隊たちとは、一九四〇年に死地に追いやられた兵隊たちのことなのである。したがってクロード・シモンの作品では、歴史が堂々と回帰してくるが、それはきまって混乱の徴《しるし》を、同一物の循環的回帰の徴《しるし》を帯びている。シモンの作品は、いくつかの基本的なエピソード——一九四〇年の敗走や、一九三七年のバルセロナでアナーキストとコミュニストのあいだに起こった、仲間殺しにまでいたった闘争(『ル・パラス』(一九六二年)で描かれる)——に取りつかれている。個人史のほうは、先祖のドラマの再演として描かれる。たとえば先祖と同じ運命をたどったド・レシャック大尉がそうだし、あるいは『歴史』(一九六七年)においてもそうだ。シモンの小説はこうして、いくつもの作品をまたぎながら、言葉のフロイト的な意味での「家族小説《ファミリー・ロマンス》」を繰りひろげていく。なんらかの秘密が、見たい知りたいという欲望をかきたて、またこの欲望が、作品のロマネスクな力の源泉になっていている。あらたに調査が行なわれているはずだとの思いに駆られて、読者はその罠と魅力にはまっていくのである。七〇年代の作品は、ロマネスクな輪郭を曖昧にして描写をもっと前面に押し出すようになるが、シモンの作品の進展については、次章で触れることにしよう。

ロベール・パンジェもまた、語りの声の可能性を利用する。声は真実を探し求めながら、どもったり足踏みしたりするが、読者は結局、その声が語っているのが本当のことなのか嘘なのかわからなくなってしまう。パンジェはベケットの友人であったが、ベケットの『モロイ』からは、変奏形式で語ることへの嗜好を受け継いでいる。また『モロイ』の場合と同じく、ひとつの世界を構築しようとする過程で、噂を伝え聞いたのだと言う声が、矛盾しあう話をいくつも積み重ねていくので、その世界に現実味がなくなってしまう。パンジェの小説に独特の味わいをあたえているのは、地方特有の言い回しである。それは、時代をこえたフランスの田舎の味わいだ。『審問』（一九六二年）は、「そうなのかそうじゃないのか、答えてもらおう」という文で幕を開ける。この文を受けて、年老いた下男のつっかえがちな語りが始まる。『この声』（一九七五年）では、いくつかの文言が反復され、複数の声がぎくしゃくした発話を担っているが、そこには音楽的な魅力がある。「調和が欠けている」という文が何度も繰り返されてテクストにリズムを刻み、また話の脈絡のなさを皮肉まじりに示してみせる。この種の頼りなさは、著者不明の一六八の断章の寄せ集めである『偽書』（一九八〇年）にも重くのしかかっている。絶えざる前言取り消しの下から顔をのぞかせているのは、あらゆる痕跡を消去したいという不安と欲望である。だがそこにはまた、ひとつの声の地平が垣間見えてもいる。みずからが混ぜたり模したりしている声音の雑然たる集積からようやく解き放たれた声の地平がちらついているのだ。

というわけで、ヌーヴォー・ロマンは語りの真実というものに疑義を呈するのである。真実とは、ロブ=グリエにあっては捏造されるものであり、ビュトールにとっては物語叙述によって捉えることのできないものであり、シモンの作品では記憶による再構築と判別がつかないものである。真実への疑念は、ナタリー・サロートの作品でも支配的だ。だがサロートの場合、真実は揺れ動く性質のものなので、文章も近似と中断と中間の状態をそのまま写し取ったようなものになる。そこではじっさい、心理学的な観点がはっきりと打ちだされており、サロート自身もヴァージニア・ウルフ〔「意識の流れ」の手法で知られるイギリスの女性作家〕を後ろ楯にしている。サロートに言わせれば、古典的な作中人物は柔軟性をまったく欠いた鋳型であり、安直な見かけ倒しにすぎない。それは、意識をよぎる印象や心内の声で出来た間断のない流れを説明することができないのだ。小説が表現しようとするのは、主体の発話にともなう思考や情動の液状マグマ、すなわち『不信の時代』が「会話の下の会話」と名づけるものなのである。『トロピスム』（一九三八年）以来、サロートの作品は、こうした意識下の運動を、ある意識を他者や世界やその意識自身へと向けさせるこうした力を、復元しようとこころみている。したがって、ドラマの筋書きと呼べるもの以前に、こうした意識の変動が語りの対象になる。人間の安定した同一性を解体する、言葉にもならないような言葉に、関心が向けられるのである。

　サロートの初期作品には、まだロマネスクな要素が残っている。なぜならそこでは、不安に駆られながらも他者との関係の試練に立ち向かう人物たちが描かれているからだ。たとえば『マルトロー』（一九五三年）では、貸し付けられた金を返すべきかためらう主人公のジレンマが書かれている。『プラネタリウム』（一九五九年）は、より大きな規模で、さまざまな葛藤やら悶着やらを交錯させていく。その中心に控えているのは、現代の一夫婦、すなわちジゼールとアランのギミエ夫妻のじりじりした所有欲である。安楽椅子の購入や、夫妻が社会的地位の確認のためにあえて行なう引越しは、この小説の些細なドラマにすぎない。小説の興味は、即座の反応や発言の谺《こだま》が詰まったあの目に見えない識閾をくまなく照らしだすことにある。読者はそのため、複数の視点（サロートの場合、すなわち複数の心内の声）のあいだを、つまりアランの視点からその妻や伯母の視点へと、あるいはまた有名女流作家ジェルメーヌ・ルメールの視点へと、移動させられる。ジェルメーヌ・ルメールは、アランにとっては全能と権威を体現する存在だが、彼女もまた他の人びとと同様に、疑念やら逡巡やら他人の考えに対する恐れやらに取りつかれていることがわかってくる。小説はこの点で、控えめながらユーモアを湛えており、教養ある小市民階層の風刺にもなっている。

『黄金の果実』（一九六二年）になると、筋書きの役割がなおいっそう小さくなる。「黄金の果実」と題する書物をめぐって、賛辞が積み重なったり、型どおりの見解が人びとの口の端にのぼったりする。こうしてつくられる共通意見のもとで、自分の力で考えようとするかすかな意欲は押しつぶされてしまう。それゆえこの小説は、筋の起伏のかわりに、口に出されたり出されなかったりするもろもろの言葉の絡み合いを繰りひろげてみせる。こうした言葉は、人びとの付和雷同によってつくられた現実を追い越して、しまいにはそこから現実味をうばってしまう。『黄金の果実』は、サロートの作品系列において転換点をなす作品である。これ以後、サロートの書くものは狭義の小説を離れ、きわめて短い匿名の語り《レシ》によって、（一九八〇年刊行の著書のタイトルを借りれば）『言葉の使用法』を探っていくようになる。ほとんど区別のない声どうしが対話を交わしたり、忘れられた言い回しが突然に浮上してきたり、成句が検討されたりなどのかたちで、ナタリー・サロートの文章は、常套句の力をよみがえらせようとする。そもそも言語は共同体の基盤をなし、人びとのあいだで流通していくもので、硬化したり化石になったりすることはけっしてないはずなのだ。生きて動くものの脈動を、あらためて与えてやらなければならないのである。サロートの文は中断符をはさんで言いよどみ、絶えず意外な方向に展開していく。それは、情動の揺らぎをそのまま伝えるためなのである。

空虚、期待、狂おしいまでの欲望、激しく心をかき乱す過去の思い出、不動の時間を引き裂く叫び。こういったものこそが、マルグリット・デュラスの小説に繰り返し立ちあらわれるモチーフであり、彼女の世界の構成要素である。それゆえデュラスの書くものは、出来事の危機と私が呼んだ流れのうちにまちがいなく数え入れることができる。そしてまた、展開の過程でヌーヴォー・ロマンとも交差し、六〇年代にはその辺縁に位置するようになる。だが初期の作品は、まだ古典的な体裁を保っている。そのひとつ、『太平洋の防波堤』（一九五〇年）が物語るのは、インドシナで得た猫の額ほどの払い下げ地を守るための、ある女の虚しい闘いであり、中国人の愛人との関係であり、家庭の諍いである。これらの話が自伝的なエピソードにもとづいていることは、『愛人（ラマン）』（一九八四年）で明かされるだろう。『ジブラルタルの水夫』（一九五二年）は、狂おしい愛の希求を描く物語である。デュラスの小説が変化を見せはじめるのは、『タルキニアの小馬』（一九五三年）からだと言っていいだろう。物語が断片化するようになり、実際には起こらない出来事の仮借なさが語られるようになるのだ。遠くで起きた惨劇（さる若者が未撤収の地雷に触れて吹き飛ばされるということがあった）を背景に、主人公のサラは姦通の誘惑をおぼえる。だが姦通はいつまでも起こらないままだろう。「愛にヴァカンスはない」のだ。ここでは会話場面が決定的に重要な位置を占めはじめる。筋の起伏が小さくなるかわりに、人物が台詞をしゃべるときに生じる緊張が、つまり近さと遠さが反転しあうあの矛盾した空間に生じる緊張が、前面に出てくるのだ。

『辻公園』（一九五五年）は、二十歳の女中と年上の男の対話から成り立っているので、戯曲として扱うこともできる。出来事と呼べるものはみな、二人のやりとりの外で起きる。これは『モデラート・

カンタービレ』（一九五八年）でも同様である。この時期のデュラスの小説では、出来事そのものよりも、欲望の狂熱が、逢瀬のもたらす激しい動揺が、目に見えて支配的になり、叙述に混乱を生じさせるようになる。『ロル・V・シュタインの歓喜』（一九六四年）は、この種のテーマを白熱状態にまで高めている。物語はいくつもの短い節に分断され、語りの声は作中人物たちからは距離をたもっている。ただし作中人物は、語りの声自身がイメージする存在であり、それはちょうどロルが、友達のタチアナ・カールが自分の愛人と一緒にいるところをイメージしようとする（文字どおり、イメージのうちに見ようとする）のと同じである。十年前、T・ビーチの市営カジノで開かれたダンスパーティーで、ロルは婚約者に捨てられたことがあった。その際の精神的ショックを、別のイメージに投影して反復することで、ロルは自身の記憶の穴を埋めようとし、不完全な自分の名前を補おうとする。ところが、こうした欠如が欲望の論理には必要であることを、この小説はあやまたず言ってのける。たしかに欲望こそが、そして何より女性の欲望こそが、マルグリット・デュラスの小説における緩慢な時間の流れを決定しているのであり、激情の閃光を呼んでいるのであり、また会話を――ばらばらになった断片をかき集めるようにして、長い時を経たのちにかつての危機に語り及ぶ会話を――うながしているのである。だから作品には、愛の叫びがちりばめられている（一九六五年の『副領事』、一九七三年の『インディア・ソング』）。この時期のデュラスは演劇・小説・映画の実験的制作へと乗りだして、インドの心象イメージと呼ぶべきものをつくりあげている。

ヌーヴォー・ロマンの沸騰は、ある種の徹底化へといたる。六〇年代、その徹底化を担うのが雑誌『テル・ケル』である。小説に対して、「テクスト」が優位に立つ。「テクスト」とはつまり、言語活動の諸力を反映する問いかけの場である。ロラン・バルトは一九六六年に、「書く」という動詞は目的語を持たない「自動詞」ではないかと述べるにいたる。ブランショやバタイユに影響を受けた幾人もの作家が、劇的な要素を含みうるようなフィクションや作中人物と縁を切って、文学の臨界領域を思考しようとする。そうした思考を実作によって示しているのが、フィリップ・ソレルスの『ドラマ』（一九六五年）や『数（ノンブル）』（一九六八年）である。これらのテクストは、主体の枠をはみ出る数々の声を実験的に用いている。クロード・オリエは『演出』（一九五八年）や『インドの夏』（一九六三年）で、知覚を成り立たせる諸条件を問いながら、連綿とつづく描写のほうへ小説を引き寄せていく。ジャン・リカルドゥーはその著書を、書く行為《エクリチュール》が見せ物として演じられる場にする。彼は数やアナグラムとたわむれて（『コンスタンティノープルの奪取《プリーズ》』（一九六五年）は、「コンスタンティノープルの散文《プローズ》」としても解さなければならない）、中性的であると同時に理論に裏打ちされた文章へと向かっていく。

記号表現《シニフィアン》[1]へのさまざまな働きかけは、「それ＝エスが語る」〔ça parle〕というラカンの考えに呼応するものである。それゆえ物語の解体は、主体の特権に対する異議申し立てと相即不離の関係にある。主体は言語活動によって語られるものとされ、中心から外され、非人間化されるのである。ピエール・ギヨタは、ある種の身体のエクリチュール、すなわち欲動のリズムに注意を集中させたエクリチュールを選んでいる。たとえば『五〇万人の兵士のための墓』（一九六七年）は、アルジェリア戦争の痛苦を呪術的言語によってみごとに描出している。さらに『エデン、エデン、エデン』（一九七〇年）になると、あえて読解不可能性の境へと足を踏み入れるようになる。統辞法や印刷上の慣用を破棄する言語を、いっさいの休止を排してひと息に書きつらねていくのだ。モーリス・ロッシュの『コンパクト』（一九六六年）はジョイスの系譜に連なる作品で、レトリックを誇示したり物語を解体したりしながら、テクストと世界のあらたな関係を打ち立てようとする試みである。以上の実験的著作はのきなみ、小説の拒絶へといたり着く。あたかも小説というジャンルは終焉を迎えたかのようだ。それゆえ、七〇年代にフィクションへの回帰が顕著になるとしても、その背景には、あまりにエリート重視で理屈っぽい（テロリスト的とさえ言えるような）こうした徹底した異議申し立てがあったことを理解すべきだろう。七〇年代の小説復興で争点になってくるのは、その擬制の力が容赦なく撥《は》ねつけられたのち、ではどうやって小説というジャンルの基礎を立てなおすのかという問いなのである。

（1）フランス語の話し言葉çaは「それ」を意味すると同時に、後期フロイトが心的装置を「エス／自我／超自我」の三つの審級に区分した際の「エス」に相当する語でもある。フロイトは、ドイツ語の「エスEs」が非人称主語として用いられることを考慮に入れて、主体の意識の手前ないしは向こう側にひろがる非人称の欲動の領域を「エス」と名づけた。フロイトのこうした考えを引き継ぐかたちで、フランスの精神分析学者ジャック・ラカンは、「言語のように構造化されている」無意識においては、主体が語るのではなく、「それ＝エスが語る」のだと述べた。ラカンのこうした言明は、主体の意識は言語活動の原因ではなく結果であるとする構造主義的な言語観と密接な関連性を有する〔訳注〕。

***

六〇年代の批評はいかにも過激だが、これは前衛作家たちに関わることであって、すべての作家が過激な批評に同調していると考えるべきではなかろう。独自の道を歩みながら、伝統的な小説作法を否認することなく熱心な読者を獲得している小説家も多い。例として、本書でまだ触れていない作家を二人挙げておくが、彼らの仕事は、本書の第三部に移って、七〇年代に見られるフィクションへの回帰を説明するための繋ぎ目の役を果たしてくれるだろう。

マルグリット・ユルスナールは、すすんで古典的作家の風貌をまとおうとする。ジッドふうの語り口をそなえた物語《レシ》を幾篇か書いたのち（一九三九年の『とどめの一撃』など）、ユルスナールは、時流にも社会参加をめぐる論争にも関心を示さぬまま、『ハドリアヌス帝の回想』（一九五一年）を上梓する。これはローマ皇帝が死を目前にして執筆したという見立ての架空の回想録であり、古代世界についてのみごとな省察録にもなっている。ここで描かれる古代ローマは、勢力の均衡が崩れやすく、ローマ的計略（権力闘争、軍事的制覇）とアンティノウスに体現される愛とのあいだにとらえられた世界である。筆はまた、神秘的なオリエント世界（エレウシスやエジプト）の魅惑にもおよぶ。ユルスナールは、古代の作家を糧としてつちかった文体を駆使して、読者を過去に立ち会わせることに成功している。過去をその内部からよみがえらせるのである。こうしてユルスナールによって刷新された歴史小説のジャンルは、七〇年代以降驚くべき復活をとげ、多くの作品が書かれるようになる。『黒の過程』（一九六八年）は、宗教改革の動乱期を背景に、医師にして錬金術師、「知の冒険家」たるゼノンの冒険を描いている。ゼノンは最後、狂信者たちの宗教的不寛容の犠牲になり、生涯の意味に思いをめぐらせながら、牢屋でみずから血管を切ってストア派の賢人さながらの自死をとげる。

一九六八年にはまた、アルベール・コーエンの『選ばれた女』が上梓されている。これは、分類の難しいコーエンの仕事のなかで頂点に位置する作品である。『選ばれた女』は、いったん三〇年代に着手され、その三〇年後に書き継がれた。時を隔てながらも固有の論理を展開し、同じ主題内容を発展させている。才気あふれる語り部コーエンは、長々とつづく口語的文体を好み、内的独白によって人物の心情を綴っていく。語り手は作中人物たちと対話を交わしたり、ユダヤ民族の美質を体現する「勇者たち」の集まりを理想的に描いたりするが、そういったものを越えて讃えられるのが、言葉への愛、友愛や教養に対する感覚といったものなのである。作品の中心人物は国際連盟事務次長のソラル。彼は平凡な官僚の妻アリアーヌ・ドゥームを誘惑する。このあたりのエピソードは、官僚社会の風刺画にもなっている。コーエンの作品では、恋愛——恋の幻想、幻滅、さらには恋愛によって死の強迫観念を克服することの不可能性——が中心的な位置を占めており、抒情性をたたえた美しいページを生みだしている。

第三部　物語《レシ》使用法（一九六八〜一九九七年）

同時代に関わる第三部では、いくつかの動向を大づかみに明らかにしていきたい。同時代の風景は距離を置いて眺めるわけにいかないので、その輪郭を見定めるのは難しくなる。そこで、そのなかを進んでいくための道しるべを、いくつか提示しようと思う。それゆえ個々の作品に立ち止まるよりも、傾向をいくつか示すことにしたい。この時期を特徴づけているように見える傾向は、説話《レシ》への回帰である。すなわち物語〔histoire〕と歴史〔Histoire〕をあらためて導入し、フィクションへの関心を取り戻そうとする意志である。とはいえ、先立つ時代に見られたもろもろの異議申し立てが忘れ去られるわけではない。一九六八年という年号が表わしているのは、なんらかのはっきりした断絶ではなく、七〇年代末あたりに明確に表面化してくることになるひとつのプロセスの始まりである。大きなイデオロギーが退潮したあとで――ジャン＝フランソワ・リオタール〔「ポスト・モダン」の代表的哲学者〕の言葉を借りれば、世界を説明する「大きな物語」が終焉したあとで――、個人的主体が回帰してくる。さらには、人びとの生活が断片化していることが意識されるようになる。ダニエル・サルナーヴが述べたように、「書く」という動詞がふたたび、目的語をもった他動詞になる。だが、小説がその特質としていたものを取り戻す一方で、小説は自由に現実を記述することはできず、小説を規定する諸法則に則した現実をみずから作りだしているということは、忘れられてはいない。だから問題になるのは、もはや小説を解体することではなく、むしろその手法を読者の目にさらすかたちで、そのコードを駆使するかたちで、小説の機能にはたらきかけることだろう。つまり「物語《レシ》 使用法」というわけだ。第三部にこのような題を付けたのは、この新たな特徴のみごとな実例になっていると思われるジョルジュ・ペレックの大作『人生 使用法』へのオマージュのつもりである。

第一章　寓話、探索、捜索

ミシェル・トゥルニエは、物語ることの快楽を当然の権利として行使しながら作品を書きすすめていく。トゥルニエにしてみれば、形式上の諸問題はいずれも二義的なものである。重要なのは、ありふれた鋳型に、既成の価値を揺さぶる題材を流し込むことなのである。じっさいトゥルニエは、よく知られた神話を再利用するが、その内容をずらして現代にふさわしく書き換えようとする。哲学を専攻したトゥルニエにとって、小説はある種の限界状況を検分するための場になる。『フライデーあるいは太平洋の冥界』(一九六七年)は、デフォーの題材〔ロビンソン・クルーソー〕を活用しているが、その表題からして、未開人〔フライデー〕が前面に出てくることがうかがえる。ロビンソンはまず、完全な孤独を体験する。孤独のなかでは、言語も性も意味を変えてしまう。フライデーが登場すると、ロビンソンはコスモスの陽性の次元へと身を開いていく。この新しく書き換えられたロビンソン物語では、文明人のロビンソンが島にとどまることを選ぶ一方で、「未開人」たるフライデーが舟で島を出ていく。『魔王』(一九七〇年)は、ナチズムの狂気に沈んだアベル・ティフォージュを主人公に据えて、鬼の形象にそなわる魔術性をあらためて浮かびあがらせようとする。『メテオール〔気象〕』(一九七五年)は、双子についての、「瓜ふたつの兄弟」についての寓話であり、欠けた半身を取り戻すための探索の物語である。トゥルニエの哲学的寓話はこうして、いくつもの読み方ができるし、またいくつもの読み方をしなければならないが、西洋文化が練りあげてきたなんらかの物語の基底にあるものを、読者に差し出してみせもする。

J・M・G・ル・クレジオの作品歴から伝わってくるのもまた、小説によって自己の存在理由を探索しようとの強い思いである。『調書』(一九六三年)を特徴づけていたのは、言語の部分的な解体であったが、それ以後の作品は、扱われる地理上の範囲がひろがっていくにつれて、しだいに落ち着きを深めていく。作中人物はえてして、世界とのなんらかの関わり方を象徴的に表わしている。たとえば『戦争』(一九七〇年)におけるベア・B(ファーストネームしか持たない)は、戦禍の予兆を次々に暴きたてながら、逃げ道がどこかにないかと探しまわる。『砂漠』(一九八〇年)に登場するアフリカの少女ララは、絶対への渇望を象徴している。その渇望は、ル・アルタニ少年への愛情やフランスへの漂流行にあらわれている。ララの冒険は、見た目以上の大きな射程をもっている。彼女は、私たちの誰にも宿っている他所へのノスタルジーを表わす存在なのである。『黄金探索者』(一九八五年)は、まずタイトルからして、なんらかの超越的存在の探求をあざやかに表わしているが、ひとつの発見を伝えてもいる。本当の意味で価値があるのは、西洋における種々の個人主義的主張ではなく、愛と自己受容であるとの発見を伝えているのだ。ル・クレジオの探索はしたがって、別様の思考、別様の世界観を経めぐることを通じて行なわれる。メキシコやアフリカとの出会い、原初の神話との一致は、ル・クレジオにとって、小説執筆がたどるべき自然な道なのである。

パトリック・モディアノの小説に物語の枠組みをあたえ、独特のサスペンスをもたらしているのも、探索のテーマである。モディアノの小説はいずれも、理想化された過去への郷愁にひたされた、ハーフトーンの雰囲気をもっているが、その魅力は、人物たちの身元の不確かさに関係している。『環状大通り』

（一九七二年）でも『暗いブティック通り』（一九七八年）でも、語り手は探偵として捜索に乗りだす。ピースの揃っていないパズルに手を染めるようにして、人びとが身を隠していたり不在であったりする怪しげな世界に足を踏み入れるのだ。そこには、つねに危険の匂いがたちこめている。たとえば『エトワール広場』（一九六八年）や『夜警』（一九六九年）ではナチズムの、『悲しみ荘』〔邦題は『イヴォンヌの香り』〕（一九七五年）ではアルジェリア戦争の危険。主人公はいずれも年若い男で、かりそめの場所に身を置き、時とともに失われかねない恋愛に翻弄される。記憶は不確かで、残された手紙や黄ばんでぼやけた写真に、何かの痕跡を見つけだそうとする。しかしいつも何かが欠けており、かたちをとりはじめた物語もあえなく崩れ去ってしまう。モディアノの世界をひたしているのは、確かなものは何もないという憂鬱な感情だ。おかげで青春時代も、不安定な移行の歳月にしかならない（『ある青春』（一九八〇年）参照）。作者は探偵小説のコードを駆使するが、なんらかの解決がもたらされるのではないかとの期待は裏切られる。〔えてして捜索の対象となり目的となる〕父親は、最後まで姿を現わすことはないからだ。このようにしてモディアノは、極度にロマネスクな世界をつくりだす。小説ごとに微妙な色彩のちがいを見せるものの、人物たちはアメリカ映画に登場するような名前をもっていたり、浮薄な生活を送っているかのように振る舞ったりする。だがそうした振る舞いは、不安を押し隠すためのものでしかないのである。

七〇年代以降、種々の小説ジャンルがいっせいに復活をとげる。作家たちは、もはや臆することなく既存のコードにあえて従いながら筆を執っているかのようだ。ルロワ＝ラデュリーやル＝ゴフ、デュビーといった本物の歴史学者の著作が部数を伸ばしていくのと足並みを揃えるようにして、読者が数多くの歴史小説、しかも伝統的な体裁を維持した歴史小説を支持するようになる。その例として、ジャンヌ・ブランの小説が挙げられよう。彼女の小説、なかでも『奥方たちの部屋』（一九七九年）が描くのは、中世の社会である。ロベール・メルルの長大な歴史小説『フランスの運命』（邦題は『シオラック家の運命』）（第一巻は一九七七年）は、一〇巻あまりを数えるが、十六世紀の時代を、その精神と言葉をも含めてよみがえらせている。メルルはそれ以前に、『種馬にされた男たち』（一九七四年）のような政治的ＳＦを筆頭とする数多くの小説で名を上げていた。他方で、筋を動かす人物に女性を据えながら、現代に近い時代が描かれることもある。たとえばレジーヌ・デフォルジュは、『風と共に去りぬ』を手本に、第二次世界大戦の時代をたくましく生き延びようとするヒロインを描いている。『青い自転車』（一九八一年）は、三つの長編小説を通して繰りひろげられる物語の発端を描いている。フランソワーズ・シャンデルナゴールは『比類のない女』（一九八八年）で、現代の外交官の世界を緻密に描きだし、その中心人物たる女策士に語りの声を担わせている。さらに野心的なのがエリック・オルセンナで、彼はバロック的な構成を示す『植民地博覧会』（一九八八年）において、フランスの植民地政策と結びついたゴム産業の変転をたどっている。

農夫や職人に注意深いまなざしを注ぐベルナール・クラヴェルの小説作品は、古典的な構成をとる。作品の多くがテレビドラマになったことも手伝って広範な読者を獲得したが、批評家の評価はかんばしくない。そこでは、つましい生活を送る素朴な人びとが、困難な現実に立ち向かう（『やさしいマリー』、一九八〇年）。叙事詩の息吹が通う『天の柱』シリーズ（一九七六〜一九八一年）全巻の舞台はカナダである。クラヴェルの小説からわかるのは、ベストセラー小説になるのは依然として、身近な世界を伝統的なリアリズムの手法で描き、同一化しやすい作中人物が登場し、直線的なドラマ展開のうちに次々と山場が訪れる小説であるということだ。この種のリアリズムの発想が、空想の世界や言葉の工夫などと手を結ぶこともある。『甘ったれ』（一九七四年）と『これからの一生』（一九七五年）は、移民や売春婦の小さな世界を足場にして、少年モモの一風変わった言葉づかいを聞かせてくれる。彼の言葉づかいは、ある種の現実を露骨に示してみせる。エミール・アジャールの名で刊行されたこの二篇の小説は、実はロマン・ガリによって書かれたものである。ガリは偽名という奸策をあやつり、自分の作品を無視する批評家たちに復讐をくわだてたわけだ。一九五六年に『天国の根』でゴンクール賞を受賞したガリの創造性にみちた筆づかいは、六〇年代に連作を書き継ぐうちに間延びしたものとなっていた。ガリはアジャールの名を騙って作品を発表することで、ジャーナリズムの批評家たちにまんまと一杯食わせたというわけである。写実と幻想をまじえた舞台設定と、口語を装った語り口とが、彼の獲得した成功に大きく関与していると私は見ている。

サルトルふうの社会参加に回帰することなく、社会を描いてその進展のさまと新たな力関係のあり方を説明しようとする現代の小説家は数多い。ヌーヴォー・ロマンが何よりもまずテクストなるものを説いていたところへ（すでに見たように、このような図式化をクロード・シモンに適用することはできないだろう。だがまた、この図式はヌーヴォー・ロマンの単純化されたイメージとして幅をきかせるようになってもいたのである）、若い作家たちは、言語の対象指示性〔言語が現実の対象を指し示す作用〕にあらためて注意をうながそうとする。彼らは、経済の急激な発展が七〇年代なかばごろに勢いを失ったあとの、フランス社会の生活様式やコミュニケーション様式に関心を向けようとする。たとえばパスカル・レネは『非革命』（一九七一年）で、ひとりの若い大学教授資格取得者《アグレジエ》〔知的エリートの代名詞。普通は高校で授業を受け持つことでキャリアをスタートさせる〕を透徹した筆致で描きだしている。高校で教える主人公は、労働者階層の生徒たちとコミュニケーションをとることができない。教養の高さが邪魔をして、革命運動に興味を抱くことができないのだ。『レースを編む女』（一九七四年）は、地味ではあるが細部を正確にとらえる文体で、美容院づとめの娘が狂気に陥っていくさまをたくみに描きだしている。ルネ＝ヴィクトル・ピーユは、陰謀（小説のなかに描かれる陰謀と、小説そのものが読者に仕掛ける陰謀）に惹きつけられる作家だが、企業幹部の痛烈な風刺画を描くことに成功している。『呪い師』（一九七四年）はじっさいに、資本主義に対する弾劾の書であり、『フィリドール・ポジション』（一九九二年）にも同種の告発が見られる。やけに多くの犯人がいるある完全犯罪をみごとに物語る『フィリドール・ポジション』では、陰謀の全体が、実業界によって引きおこされた憎悪と怨恨に根をもっているのである。

いま触れたばかりのこの小説は、ある意味で、探偵小説の筋立てを用いて社会問題に語り及ぶというフランス現代小説の主要な動向を示してもいる。種々の小説ジャンルが復活をとげることについては先ほど述べておいたが、なかでも七〇年代以降、正真正銘のフランス版ロマン・ノワール〔字義通りには「暗黒小説」を意味するが、フランスではアメリカのハードボイルド小説の影響を受けたミステリー小説を「ロマン・ノワール」と呼ぶ〕が登場することは、強調しておくべき重要な現象である。極左活動家たちの流れを汲み、当時「対抗文化《カウンターカルチャー》」と呼ばれていた表現形式――すなわち漫画《バンド・デシネ》、マイナーな文学ジャンル、B級映画――のほうに当然のごとく向かいながらも、ロマン・ノワールは、激しい社会的葛藤や階級対立を表現することがあるのだ。しかもそこには、生彩に富んだ新しい文体が見られる。ロマン・ノワールの先導者は、実作の出来から言っても批評的省察の深さから言っても、まちがいなくジャン＝パトリック・マンシェットである。彼は『クロニック』（一九九六年）で、ロマン・ノワールがいかに探偵小説を止揚して、階級闘争の諸相を表現しているかについて、明晰に論じたてている。彼によれば、ロマン・ノワールとは資本主義時代の批評そのものなのであり、そこでは犯罪の解明よりも社会的暴力を示すことのほうが重要なのである。

それゆえマンシェットの小説は、テンポの速い乾いた語りをあやつって、テロリズムと国家によるテロリズムの双方に批判の刃を向けたり（『地下組織ナーダ』、一九七三年）、ごく普通の管理職が社会的落伍者に転落していくさまを描いたりする（『西海岸のプティ・ブルー』〔邦題は『殺しの挽歌』〕、一九七六年）。じっさい『西海岸のプティ・ブルー』の二頁目には早くも次のような文言が読まれる。「ジョルジュがこんなふうに外環道路をとばしているわけは（……）、何をおいても「生産関係」に占める彼の位置に求めなければならない」。『狼が来た、城へ逃げろ』（一九七二年）では個人を圧殺する歯車を描いているし、『ヌ・ギュストロ事件』（一九七一年）では明らかにベン・バルカ事件（モロッコの革命指導者ベン・バルカが、六五年に亡命先のパリでモロッコの官憲により誘拐、暗殺された事件）を暗示している。「ポラール」（「探偵小説」を指す俗語）は、告発するのだ。非人称の語り手も含めて複数の語り手を使うときでも、チャンドラー流の私立探偵タルポンに一貫して語りを担わせるときでも、マンシェットは、回避不可能なさまざまな力の作用を見据えながら小説の筋を組み立てていく。そこではモラルが傷を負わずにはすまない。マンシェットはアメリカの作家にならって、少ない語数で効果をあげる単刀直入な口語体、「美文」になど頓着しない口語体を用いている。

フランスではマンシェットが影響力をふるったおかげで、ロマン・ノワールは確固たる一ジャンルに押しあげられる。この事実をよく示しているのが、マンシェットの志を継ぐ若手作家たちが彼へのオマージュとして企画した「プルプ」（事件をさぐる探偵の名前）の冒険シリーズだ。というわけで、ロマン・ノワールはことのほか生産的な潮流なのである。ロマン・ノワールの書き手たちは、ガリマール社の「セリ・ノワール」叢書や、近年ではリヴァージュ社の「エクリ・ノワール」叢書から本を出している。ディディエ・デナンクスも政治的告発を課題にする書き手で、ロマン・ノワールの枠組みを使ってアルジェリア戦争やモーリス・パポン〔第二次大戦中にユダヤ人を強制収容所に送ったとして「人道に対する罪」に問われた。戦後はパリ警視総監としてアルジェリア人による反仏デモを弾圧〕に語り及んだり（『記憶のための殺人』、一九八四年）、歴史によって永続的な支配を保証された資本主義体制の被抑圧者の運命を描きだしたりする（『死は誰も忘れない』、一九九〇年）。暴力が物語を覆いつくす。エルヴェ・ル・コールにあっては、冷酷かつ激越な暴力（『死者たちの苦しみ』、一九九〇年）。トニーノ・ベナキスタになると、暴力は埋もれた過去の記憶に結びつく（『敗残者たちの喜劇』、一九九一年）。ジャン＝ベルナール・プイにあっては、亡霊による手のつけられない暴力（『国道八六号線』、一九九二年）。ティエリー・ジョンケの作品になると、暴力はときに性的倒錯の色を帯びる（『蜘蛛の微笑』、一九八四年）。いずれにせよ、ロマン・ノワールには暴力が偏在しており、セリーヌ流のペシミズムをもたらしている。『悪の根』（一九九五年）におけるモーリス・G・ダンテックにとっては、暴力はもはや当然にことになってさえいるようだ。マンシェットにおけるのと同様に、法は犯罪におとらず不当で根拠のないものなのである。極右と金銭によって堕落し腐敗した世界に対して、個人がいまだに抵抗を示しているのが、ジャン＝クロード・イゾの作品である（『失われた夜の夜』、一九九五年）。

以上に挙げたタイトルは、こんにちにおけるロマン・ノワールの活力を示している。ロマン・ノワールは、まちがいなく二十世紀末の最も興味深い小説形式のひとつである。たとえさほどに暗い《ノワール》わけでなくとも、現今の小説表現《エクリチュール》にロマン・ノワールは広く浸透している。ダニエル・ペナックは、ベルヴィル〔パリ二〇区の庶民街〕を舞台に、人情味にあふれた世界を、「マロセーヌ一家」を創造したが、当初は探偵小説の枠組みを用いており、『人喰い鬼のお愉しみ』（一九八五年）や『カービン銃の妖精』（一九八九年）には、その影響が色濃く反映している。ペナックは、ガリマール社から本を出している作家としては、

「セリ・ノワール」叢書から「ブランシュ」叢書〔いわゆる純文学の叢書〕に移行した最初の作家であるが、移行後の彼の空想力は、より緩やかな筋立てにおいて発揮されている。ルネ・ベレットは、緊迫感をあたえる手法を探偵小説から借りて、リヨンを舞台とする、ことのほか暗鬱な筋立ての小説を書いている。『地獄』(一九八六年)が、彼の小説の頂点に位置するだろう。『機械』(一九九〇年)では、SFの筋書きと恐怖小説を組み合わせている。いま挙げてきた作家たちにとって重要なのは、サスペンスの機構にはたらきかけること、描かれた世界の沈んだ雰囲気に重さをまとわせることであって、あとで触れることになるエシュノーズのように遊戯的に〔探偵小説の〕コードを駆使することではない。明らかにアメリカのハードボイルド作家たちから単刀直入な文体を借りているフィリップ・ジアンもまた、ときとしてロマン・ノワールの手法を使うことがある。『地獄のようなブルー』(一九八三年)や『朝、三七度二分』〔邦題は『ベティー・ブルー』〕(一九八五年)の文章は、『事物の状態』(一九九〇年)におけるジャン゠ピエール・リシャール〔「テーマ批評」を推進したヌーヴェル・クリティックの代表的批評家〕の分析を借りれば、「熱と跳ね返りという、エネルギーがまとう二つの形象の組み合わせ」から成り立っている〔巻末参考文献【22】参照〕。希望を喪失して命取りの恋に翻弄される作家の姿を描きながら、ジアンは混沌と暴力の世界に秩序をもたらそうとしているのだ。

第二章　伝記（自伝）の空間

構造主義（示差的な記号の分析に重点を置き、個人なるものを〔記号の〕体系からしりぞけていた。体系のなかでは、個人は意味作用の効果にすぎなかった）の退潮やマルクス主義の崩壊がおそらくは呼び水になったのだろう、主体が表舞台に回帰してくる。七〇年代以降、伝記的なものが息を吹きかえし、作者がふたたび浮上してきている徴候が、頻繁に見受けられるようになってくるのだ。作者はメディアによって自著のプロモーターにまつりあげられる。こうした現象は、ベルナール・ピヴォーが司会をつとめる金曜夜の有名なテレビ番組〔「アポストロフ」という書評番組〕にちなんで、「アポストロフ効果」と呼ばれもした。

フィリップ・ソレルスとジュリア・クリステヴァがたどった行程は、この点で示唆的である。じっさい驚くに値することだが、雑誌『テル・ケル』を主導し、文学における過剰を提唱していたこの二人が、あらためて小説に立ち返り、同世代の知的および個人的な閲歴を物語りはじめるのである。たとえばクリステヴァの『サムライたち』（一九九〇年）は、作者自身の歩みを小説化した作品である。ソレルスの『女たち』（一九八三年）になると、語り手はナルシスティックな自己顕示に嬉々として踏み込んでいく。作中人物たちのモデルが誰なのか、かなりはっきりとわかる一方で、この本には政治的フィクション、理論的考察、エロチックな場面、あらたに台頭してきたイデオロギーの告発などが混在している。どうやらソレルスにとって、小説は異議申し立ての場になったらしい。そこにおいて主体は、露骨なくらい前面に躍り出ようとして、さまざまな術策を弄する。『小説の技法』〔邦題は『小説の精神』。巻末参考文献17参照〕（一九八六年）におけるミラン・クンデラの説にも呼応して、小説というジャンルは、もっともらしい言説を当てこすることで、その力を得ているところがある。小説とはすなわち、葛藤をはらんだ対話の空間なのである。そしてフィクションは風刺のための場になったり、社会の法則に対して偶然で予測不可能な部分を抱えもつ個人を客観視するための場になったりする。六〇年代におけるように表象の諸規範を忌避するかわりに、小説家はそうした規範を横断しようとする。規範どうしをぶつけることで、それらを歪めてみせようとするのである。

ヌーヴォー・ロマンの小説家たちが自伝に誘い込まれていったことは、個人の回帰のさらなる徴候である。八〇年代になると、ふしぎと軌を一にして、ナタリー・サロートが『子供時代』（一九八三年）で、持ち前のよどみがちな会話の技法を用いて若年の頃の自分を語り、アラン・ロブ＝グリエはあえて『ロマネスク』と名づけた三部作（一九八五年の『戻ってきた鏡』にはじまり、一九九四年の『コリント最後の日々』で閉じられる）において、奔放自在なフィクションの糸に自伝の糸を絡みあわせていく。マルグリット・デュラスは、中国人の愛人との関係を語る自伝的な物語『愛人（ラマン）』（一九八四年）で大きな成功をおさめる。そこでは、彼女の全作品をつらぬく数々の妄執が現われているとともに、彼女の文章表現の原動力である空虚（ここでは「欠如したイメージ」）が、中心的な役割を果たしてもいる。クロード・シモンになると、彼の書く小説は共同体の歴史および家族の歴史に、はっきりと開かれていくようになる。『農耕詩』（一九八一年）は、あいかわらず三人称を用いながらも、因襲の殻に閉じこめられた先祖の記憶と、戦時中の壊走の思い出とを攪拌していく作品だ。『アカシア』（一九八九年）は、いくつもの章に区切って、戦争体験にあらためて語り及んでいる。最新作の『植物園』（一九九七年）は、中表紙に銘打たれているようにたぶん「小説」ではあるかもしれないが、それはあくまでも、紙面を紋章のように分割するレイアウトのおかげで、ちりぢりになった個人的記憶の断片が形式上ひとつにまとまったから「小説」たりえた、というにすぎない。こうして、小説と自伝の区別はかすんでくる。あたかも主体は、自分を語るためにフィクションというスクリーンを立てたうえで、そこに自身のおぼつかないイメージを投影しているかのようなのである。

フィクションと自伝の融合ということで、最も風変わりな書物は、ジョルジュ・ペレックの『Wあるいは子供の頃の思い出』（一九七五年）である。この本では、どこから見ても冒険譚でしかありえないフィクションの章と、本来の自伝の章とが交互に並べられている。二種のテクストの交錯は特異な効果を生み、自伝とフィクションの二つの試みのいずれも主体の真実を言い表わすことはできないのだ、ということを理解させてくれる。そもそもこの主体というのが、子供の頃の思い出などいっさい持ち合わせていないことをはっきりと自覚している主体なのである。個人史の痕跡（ペレックの家族は強制収容所に送られた）のじりじりとした探索は、並行して語られる二つのフィクションのうちにも反響している。すなわち難破した子供の話と、それからWという恐ろしい島の話の二つのフィクションである。W島はスポーツ至上主義的な法律に服しているが、この法律はナチの悪夢を思い出させずにはおかない。だから二つのフィクションは、ジョルジュ・ペレックの強迫観念が投影される場なのであり、言葉に尽くせぬものを、それでも言い表わすための方途なのだ。

かくして、現代のフィクションのなかには自伝の空間が開かれることになる。だが、自伝とフィクションの境界ははっきりしない。ここで、双方の境目を混乱させる作家たちの事例を見ておきたい。ただし自伝を本来の自伝として読者に受け入れさせるための約束事が、小説の書法とはあくまでも別ものであることは、忘れるわけにはいかない。さて、「オートフィクション」〔自伝的虚構〕なる術語は、セルジュ・ドゥブロフスキーが編みだしたものだが、これは自伝とフィクションの敷居が曖昧であること、自伝は虚構化に訴えることを避けられず、主体は想像の人生の作者たらざるをえないことを示すためである。ドゥブロフスキーは、『息子』〔*Fils*〕（一九七七年）――このタイトルには、filsという語の二つの意味〔「息子」と同時に複数形の「筋」を意味する〕が込められている――から『引き裂かれた本』（一九八九年）にかけての作品で、妻との諍いやら自身の最も私的な事柄やらを、驚くほど臆面なくさらけだしている。イヴ・ナヴァールは『伝記』（一九八一年）によって、同様の実験をこころみている。主体を二つに分割して、本に書いていることに口を差し挟む「私」と、語られた人生を実際に生きている「彼」とを使い分けているのだ。こうした「オートフィクション」の項目に、エルヴェ・ギベールの作品群を加えてもいいだろう。そこでは、無情な物語に自伝的要素のひけらかしが交錯していく。ものを書くことで自分の姿を衆目にさらす路線は、ごく早い時期から採られていたが、ギベール自身がエイズに見舞われたことで、それは衝撃的な実現をみることになる。『僕の命を救ってくれなかった友へ』（一九九〇年）と『憐れみの処方箋』（一九九一年）は、「小説」と銘打たれてはいるものの、病に冒されていく作者自身の身体をはっきりと描きだしているのだ。

アニー・エルノーは小説（『凍りついた女』、一九八一年）を離れ、私的な事柄をひかえめに語るようになる。『場所』（一九八四年）で語られるのは、自身の父親の死であり、学のない小商人たる両親と、その娘で文学の教師になった自分とのあいだに開いた隔たりである。ひかえめな告白は、自分以外の者たちに関わっている。社会が彼らに拒んできた尊厳を、著述によって彼らに与えようとするのである。アニー・エルノーの仕事は、展開していくうちに、はっきり自伝の方向へ向かうようになる。同じく明白に自伝であるので、ここで小説のなかに数え入れるのを避けておきたいのは、クロード・ロワの『私は』（一九六九年）やジャック・ボレルの著作である。ボレルの『熱愛』（一九六五年）は、はじめ一九六〇年に「小説」と銘打って出版されたとはいえ、その後の作品を読むと、これも個人的告白であることは明瞭である。自伝の誘惑、オートフィクション、あるいは古典的な小説に近いものでも、作者とほぼ等身大の語り手による作為的ないしは倒錯的な自己描出。これらはいずれも、主体が回帰してきていることの徴候である。もっともその主体が、統合された「私」として自己を単純には表明できなくなっていることは確かだろう。そこで自己探求の別のあり方として挙げられるのが、文学の遺産への接近であり、またそれまで抑圧されていたもろもろの声を浮かびあがらせるための場の要求である。たとえば女性のエクリチュールが、七〇年代のひとつの重要な潮流として際立ってくる。これはある意味で、フェミニズムの政治闘争を引き継ぐものでもある。シモーヌ・ド・ボーヴォワールの『第二の性』が提示した分析に連なるかたちで、クリスチアーヌ・ロシュフォールの著作、とりわけ『戦士の休息』（一九五八年）や『ソフィーへのスタンス』（一九六三年）に見られるように、小説はまず、女性に課された条件を暴きたてる役割を果たした。ブノワット・グルーとフロラ・グルーは、伝統的な小説の枠内で、もろもろの偏見に揺さぶりをかけようとする。より攻撃的なやり方をとるのがモニック・ヴィッティグで、男性の支配のもとにある言語をも攻撃しようとして、彼女は一九七三年に『レズビアンの体』を刊行する。『内部』（一九六九年）以来、エレーヌ・シクスーが探求しつづけているのは、女性性や、身体・家族・言語といったものに対する女性の関係性である。『アングスト』（一九七七年）や『プロメテアの書』（一九八三年）に見られる彼女の流儀の独自性は、さまざまな文献への言及やそこからの引用を編みこんで、狭義の小説を脱した創作へと向かうところにある。

規範的言語の内部で、また規範的言語に逆らうかたちで、ある特異性を表現すること。マイノリティであったり規範から外れていたりするがゆえに抑圧されていた想像世界を解放してやること。こういった動きが、現代小説を大きく活性化している。フランス語やその文学的資産のおかげで、外国人でありながらフランス語に引き寄せられる作家もつねにいる。彼らはフランス語で仕事を続けることを選び、フランス語を豊かにすることに一役買っている。アルゼンチン出身のエクトール・ビアンシオッティはプルーストの流れを汲みながら、『涙だけが残るだろう』（一九八八年）などの作品で、ノスタルジックな追憶を行なっている。アンドレイ・マキーヌは『フランスの遺言書』（一九九五年）で、語り手のロシアでの幼年時代や祖母との関係を語っている。ミラン・クンデラは、『不滅』（一九九〇年）以降フランス語で小説を書きつづけている。彼の小説の眼目は、寓話的な手法でさまざまな実存の可能性を試すことにある。その道具になるのが、クンデラ自身『小説の技法』で「実験的自我《エゴ》」と名づけている作中人物たちである。たとえば『緩やかさ』（一九九五年）は、複数の物語を交錯させながら、今や失われてしまった緩やかさの意味を検討する。緩やかさとは、過剰にメディア化された社会の速さへの抵抗なのである。

私は序文で、〔フランス国外の〕フランス語圏文学は独自の分析に値すると述べたが、ここでフランス語圏文学に的を絞った研究に足を踏み入れるつもりはない。ただし、フランス語圏文学の担い手でありながら、しばしばフランス国内で本を出す作家たちが——言語の面でも想像力の面でも——、まちがいなく大きなものをもたらしていることだけは指摘しておこう。というわけで、あまりに簡単な紹介しかできないことをお許しいただきたい。マグレブの作家については、モハメット・ディブ、ドリス・シュライビ、ターハル・ベン＝ジェルーン、アッシア・ジェバールなどの多くの名を無視するわけにはいかない。レバノンの作家アミン・マアルフの『アフリカのひとレオン』（一九八六年）はみごとな歴史小説で、これはいわばユルスナール流の、主人公の架空の自伝である。カリブ海諸島の文学では、クレオール運動の不屈の唱導者ルネ・ドゥペストルが『宝棒』（一九七九年）などで、ハイチの現実社会を官能的な筆致で光彩ゆたかに描いている。エメ・セゼールの系譜に連なるマルティニクの——ということはフランス国籍なのだが——パトリック・シャモワゾーは『テキサコ』（一九九二年）で、アンティル諸島の生活を迫真の表現で描きだしている。こうした作家リストにはもっと広がりをつけるべきだろうが、ここに少しだけ名を挙げたのは、フランス本国だけに切りつめてフランス小説を考えることが、こんにちの読者にとってひどく貧しいものになることを喚起しておきたかったからである。

もうひとつ別の流れがあって、これを伝記の空間の探索と呼ぶことにするが、私にはこれも重要だと思われる。小説はあいかわらず、私生活を表現するための特権的な形式であり、また小説の器に盛らなければ埋もれたままになっているだろう人びとの人生を、無名性の暗がりから引き出すためにも小説は書かれるのである。このことをある意味で示していると言えるのが、ジャン＝ブノワ・ピュエシュである。彼の『小説修行』（一九九三年）は、バンジャマン・ジョルダーヌなる人物の日記を編纂した書物である。この日記で語られるのは、六〇年代の諸理論を頭に詰めこんだ若い文学専攻の学生ジョルダーヌがたどる興味津々たる過程である。ジョルダーヌは、世に隠れた作家ドランクールが〈文学〉の拒否を身をもって示しているのに魅惑され、賛嘆の念を覚えるが、しだいに書くことと生きることの関係は一方が他方を排除するものではないことに気づいていく。ジョルダーヌはその入門儀礼の最後で、自分の日記を小説に書き換えることを決意する。こうしてまさに、複数の作品が継続的に対話をかわす空間へと参入することが彼に可能になる。この種の難問、つまりものを書きながらいかに「表現ではなく」ある種の消滅にいたるかという難問を解こうとしていることは、現代文学の重要な一側面であるように思われる。モーリス・ブランショによれば、文学が存在しうるとしたら、その不可能性においてでしかないわけだが、こうしたブランショの考えを継承する作家たちは、自分たちが書くものに付きまとう欺瞞や裏切りの危険を払いのけようとする。こうした隘路を切り抜けるための逆説的な道のひとつとして、「小人伝」を語るということが挙げられるだろう。断念について語ること。失敗した人生の、だが失敗こそが特別に選ばれたことの徴《しるし》であるような人生の書記になること。言葉のなかの黙せる部分を書かれたもののなかに保持してやること。そこで肝心なのは、白いエクリチュール〔無色の文体〕に逆行して、言語のもつあらゆる可能性を駆使しながら、根底のところで言語を逃れ去るものを表現しようとすることだ。こうした気づかいを、幾人もの重要な現代作家たちが共有しているように思われる。そのような気づかいを分かちもつことで、彼らは目立たないながらもいわば一派をなしていると考えてもいいだろう。私がいま触れておきたいのは、そうした一群の作家たちである。

ピエール・ミションの処女作は「レシ」と銘打たれ、もはや本当の意味では小説《ロマン》とは呼べないような八篇の短編小説で構成されているが、その「レシ」に、ミションはまさしく『小人伝』（一九八四年）のタイトルをあたえている。語り手は自身の声を浮かびあがらせながら、幾人かのささやかな人生を物語る。いわば奇蹟の出てこない聖人伝が綴られるわけだが、それらはすべて、私たちがこの世界に存在することの不当さを証言するものとなっている。ぎくしゃくした歩みのなかにもリズムを感じさせる散文によって、ミションは消えてなくなった幾人もの人生を垣間見せてくれる。彼らの生はいずれも、現実《リアル》が可視的になる瞬間、だが到達不可能な瞬間を啓示する徴《しるし》である。その瞬間、文学が終わりになることもありうるだろう。それゆえ文章は、訪れそうもない終わりをめざして運動する。終わりにいたり着くべく、力のかぎり奮闘するのだ。フィクションがまじえられることで現実の人生は伝説と化すが、それも現実《リアル》という恩寵を捕獲しようとこころみるがゆえである。こうした筆の運動が――運動と呼ぶのは、ミションの文章《エクリチュール》が本質的に活力《エネルギー》そのものであるからだ――、どうしても「真の小説」へと拡大していくことができず、すぐに活力を枯渇させてしまうことは見やすい道理だ。それゆえミションが本として出すのは、どれも短いレシである。その出だしは、目のあたりにした情景であったり、さる画家の生涯をめぐるずれた夢想であったりする。しかもその生涯が、無名の証人の目を通して語られるところは、まるで斜交いからの視線のみが、生涯の秘められた源泉に近づけてくれるとでもいうかのようだ。

ジャン・ルオーは『名誉の戦場』（一九九〇年）で、これとよく似た課題に取り組んだ。つまり歴史にかかわった無名の者たちや、戦争で命を奪われた者たちの名誉を回復するという課題、したがって時間をさかのぼって彼らの伝記を書くという課題である。「小人」への関心をとってみれば、ルオーのこうした路線がミションのそれに近いことは確かである。しかし、個人史を歴史のなかに書き入れたり、家系が重要な位置を占めたり、記憶を繰りひろげるのに文体上の工夫が凝らされたりといった面では、『名誉の戦場』はクロード・シモンの作品に似たところがある。このように比較的長い時間の流れをたどることが、小説世界の形成と不可分な作家がいる。リシャール・ミエはある意味で、この種の時の流れを小説の眼目にしたおかげで、跡形もなく消え去った人びとに魅惑される自分を払いのけ、出発当初に抱えていた消滅のテーマを脇道にそらせることができたのである。じっさいミエの作品は、傾向を変えてきているようだ。当初ミエは、創作に付きまとう欺瞞を芸術家の主人公＝語り手（たとえば『晩鐘』（一九八八年）の音楽家）に代弁させるレシを書いていた。そのようにして、作家たる自分自身のことを書いていたわけだ。だが現在では、伝説の地と化したコレーズ〔フランス中部の山地〕を背景に、寡黙で憂鬱な家長を中心とする一家族の運命を語ることが、彼の仕事になっているようだ。『ピトル家の栄光』（一九九五年）は、それゆえ伝説《サガ》の趣を呈する。ただしそこで語られるのは、闇と静寂を運命づける宿命的な呪いの経緯である。消滅のテーマは、ピエール・ベルグニウーの処女小説『カトリーヌ』（一九八四年）を支配してもいる。だが続いて書かれた小説、とくに『薔薇色の家』（一九八七年）では、断絶と継続という相矛盾する要素が、ともに小説の動因になっている。まるでベルグニウーは、生まれ故郷を踏査したり家族の記憶を探求したりすることで、自分だけの道を孤独に歩みつづける力を得ているかの感がある。

　パスカル・キニャールの作品は、相矛盾した要素がもたらすこの種の緊張状態を、完璧に例証しているのではないだろうか。ある意味でキニャールのテクストはすべて、小説《ロマン》に対する憂鬱な想いに取りつかれている。すなわち、脈絡をそなえた物語を（声高らかに）語ることができたような時代、単純素朴に「ロマンスを語る」ことができたような時代への郷愁に取りつかれているのだ。そのような神話的な時代は過ぎ去り、現代文学《モデルニテ》は、不連続、断片、孤独、不信といったものに扉を開いてしまった。しかし、たとえそうした黄金時代（キニャールにあっては、古代ローマや王朝時代の中国やバロック時代がたぶんその象徴なのだろう）を取り戻すことができたとしても、こんにちの作家が、それとは別種の果たしえない任務に向き合っていることに変わりはなかろう。つまり作家は、舌の先につねに欠けている語を、すなわち存在の黙せる部分を、言葉によって表現しなければならないのだ。だからこんにちの作家にとって小説とは、他のさまざまな文章様式との関連において書かれる文章様式のひとつにすぎない。小説とは、暫定的に小説が可能になるときにたまたま書かれる何かにすぎないのだ。

　『カルス』（一九七九年）では、日記形式で語り手が友人の抑鬱症に語り及ぶ。その断片的な記述の中心には、ひとりの男（友人は、もっぱらAという文字だけで示される）の精神の崩壊がひかえている。そのせいで語り手は、言葉について、友情の力について、絶えず問わざるをえない。『ヴュルテンベルクのサロン』(一九八六年)は、音楽家カールがフロランと暮らしていた頃の、過去の情景の感動的なよみがえりへと向かっていく、きわめてプルースト的な小説である。愛について、裏切られた友情について、芸術や記憶について、省察が重ねられる。とはいえ、そこにプルースト的な陶酔感が訪れることはない。カールが見出すのは、苦い孤独感をたたえた空虚な現在であるからだ。『シャンボールの階段』(一九八九年)がフィクションによって追求するのも、同じような空虚である。「機械仕掛けのミニチュアの蒐集家」である主人公の、失われた思い出の探求を通じて、そのような空虚が描かれる。これらの小説と並行して、キニャールがとくに力を入れて書いているのが、「小論集」と呼ばれるシリーズである。これはキニャールが案出した新機軸の形式で、フィクションの精髄と思弁的な注釈を混合したものである。さまざまな書物や言葉に思いをめぐらせる一方で、キニャールはフィクションに独特の地位をあたえている。フィクションは、知的な余談のための素材であり、一連の挿絵のようなものなのである。キニャールはこうして、混成的なジャンルを創造する。そこで文章《エクリチュール》が、みずからに折り重なるようにしてその文章自身の運動を捉えようとしているところは、あたかも小説になりうるものは下書きにとどまったままで、どうしても自律した表現にはならないとでもいうかのようだ。

ここで私たちは、小説を縁どる境界線の、いわば一端に触れている。フィクションはその基体にまで還元されたうえで、つねに語りの声の支配下に置かれる。また作家は浮かんでくるイメージに対して、自己言及的な省察を絶えずくわえてみせる。どうやら現実の世界は、知的な書物がいっぱいに詰まった、夢想や瞑想のための貯蔵庫になっているらしい。いま挙げてきた作家たちに見られるような細部への愛着や、種々のモチーフの絡み合いといった要素は、ジェラール・マセにも分かちもたれている。マセにおいても、本で読んだり想像したり演じられたりしたなんらかの情景に、注釈の筆が費やされる。たとえば『最後のエジプト人』(一九八八年)は、シャンポリオン〔ロゼッタ・ストーンを解読し、ヒエログリフを解明した、十九世紀初頭のフランスのエジプト学者〕の、いくつもの回折されたイメージを織りあげた作品である。シャンポリオンは、ロゼッタ・ストーンを解読していたり、痛風に冒されていたり、『モヒカン族の最後』〔フェニモア・クーパーの小説〕を読んでいたり、ルーヴル宮でオザージュ族と擦れちがったりする。これは歴史小説といったものではなく、たくみに仕組まれた随想であり、ひとりの著名人の生涯を夢想するための「小説的な手掛かり」を並べたものなのである。マセの諸著作の魅力は、キニャールの『小論集』(一九九〇年)のそれにも似て、こうした独特の小説世界に、すなわち小説形式をそれらしく展開することへの拒否から生じてくる逆説的な小説のありように存するのだ。

第三章　形式主義《フォルマリスム》と発明

寓話小説、探索〔もしくは捜索〕小説にくわえて、第三の傾向を現代小説のうちに見分けることができるように思う。そこでは、あらたな伝記〔自伝〕の空間のなかに数え入れたテクストよりも、遊戯的な距離の取り方がはるかに際立ってくる。小説を成り立たせるコードへの意識が鮮明になってくるのだ。読者のほうでも、コードへの意識を呼び起こされる。そこで前提になっているのは、映画、テレビ、その他のメディアに読者が慣れ親しんでいるということであり、そうして培われた読者の教養は、〔コードとの〕戯れや〔コードの〕侵犯を理解するための共通のフィールドとなりうる。自身に異化作用をほどこし、パロディすれすれのところで身を持し、自身を〔あまり〕真面目には受けとめず、だが実際は、こうして自身から身を引き離すことの美的・倫理的な価値観を涵養していく。こうした特徴が、ここ二〇年来の刊行になるある種の小説に共通して認められるのである。ずれたユーモアの感覚が、ときとして新たなリアリズムの探求のほうへ向かっていくこともあるが、この点についてはのちほど見ることにしよう。本章では全体として、小説家が自身に課す形式上の制約から生みだされる小説を検討することにしたい。小説家は制約とたわむれ、また読者をたわむれさせる。なおかつ制約によって、刷新された小説世界がもたらされる。この第三章のお目付役は、もちろんジョルジュ・ペレックである。

ジャン・エシュノーズは『グリニッジ子午線』〔一九七九年〕以来、探偵小説や冒険小説の筋書きがユーモアによって浸蝕されていく小説を得意にしてきた。言葉遊びがわずかにまじっているとはいえ、文体にはある種の冷たさがあって、いっさいの情動表現が遠ざけられている。出来事は、どこかずれた、気の抜けたものになっている。作中人物たちは、スパイ小説や（『湖』、一九八九年）俗悪なテレビドラマから抜け出てきたようである。だがそれも、彼らのそうした出自の支配から逃れるためであるようだ。たとえば『金髪の大女たち』（一九九五年）のヒロインであるグロワールは、どこかに消えようとしているのに、ほかならぬテレビ局のプロデューサーから追われているのである。彼女の逃亡を助けるボディーガードのベリヤールとともにエシュノーズが私たちに訴えようとしているのは、小説はスペクタクル社会に対する最後の抵抗拠点のひとつなのだということであるようだ。エシュノーズの遊戯的小説は、読者の加担を求める。つまり読者もまた、皮肉《イロニー》をまじえた冷静な判断をくだすよういざなわれているのだ。それはしかし、社会の周縁に生きる者たちへの共感を排除するわけではない（『一年』、一九九七年）。アントワーヌ・ヴォロディーヌも、同じようにスパイ小説やスパイ映画の題材を好んで利用し、読者をいくつもの罠に引きずりこむ。複数の声を混淆させることで、記述されている事象が実際に起こっていることなのかどうか、読者に不安の念をかきたてるのだ。こうして〔スパイ小説などの〕既存のコードを駆って、書かれたことの虚実を曖昧にしておく手際は、いささかパンジェに似たところがあると言えなくもない。だがヴォロディーヌの虚構世界は、『内部の港』（一九九五年）からいくつかの要素を引いて述べれば、人物たちがマカオに潜伏し、グロリア・ヴァンクーヴァーが逃亡し、コテールが情け容赦ない尋問を仕掛ける、というような世界である。

八〇年代末ごろのミニュイ社の広告では、何人もの若手作家が、「無情派の小説家たち」なる呼称によって一括りにされていた。そこにはエシュノーズばかりでなく、トゥーサンやドゥヴィルの名も見られた。

パトリック・ドゥヴィルは、省略技法を練りあげるのにくわえて、いわば顕微鏡から広角レンズまでを縦横に用いて視点の変更を行なう（『望遠鏡』、一九八八年）。そこでは探偵小説ふうの筋立てが断片的に用いられてはいるが、重要なのはむしろ、感覚が精密に記述されていることだ。『花火』（一九九二年）はアメリカの「ロードムービー」にならった、一種の「ロードノベル」とでもいうべき小説である。商品のブランド名が数多く登場すること、短章に切り分けられることで話の流れが細分化していることとも相俟って、速度感のある叙述は、この小説にリズムを刻む章句——「世界はつかの間の幻覚だ」——を、読者に否応なく印象づけるはずだ。幻覚ということでいえば、ドゥヴィルの小説におけるほど強烈ではないかもしれないが、その作用が持続するのが、ジャン＝フィリップ・トゥーサンの小説である。『浴室』（一九八五年）は番号を打ったパラグラフを連ねて、浴室から出なくなった語り手の生活を一人称で綴っていく。ユーモアをいっときも忘れない中性的な文体は、世界から現実感を奪ってしまうようなところがある。そこでは感情の発露も抑制されているように見える。『カメラ』（一九八八年）は筋の起伏がきわめて小さい小説で、ドラマの基盤になっているのは、自動車学校の教習だけだ。自分自身を外から眺めているような主人公は、突飛で滑稽な細部をこまごまと観察する。ごく平凡な日常に筆が費やされるが、いわばクローズアップで写されることで、いつもとは異なる喜劇的な力がそこからあふれ出す。『テレビジョン』（一九九七年）では、あたかも煙草をやめようとするような感じでテレビを見るのをやめるために、ベルリンにひとりで滞在する語り手が払う、英雄的かつ茶番じみた努力が報告される。

主題が薄っぺらでドラマの起伏もごく小さいとなれば、前面に出てくるのは、語り手の声、優しくはあるが何事にも無関心なその声である。クリスチャン・ガイイもまた、自分が語る物語に距離を置こうとする。現在形で書かれ、いくつもの微細な時間層を切り出していく『K六二二』（一九八九年）が描こうとするのは、まさに消え入ろうとしている感情である。具体的には、それはモーツァルトのコンチェルトにこめられた感情であり、死を間近にひかえたひとりの女性の感情である。エリック・シュヴィヤールの作品では、先史時代の洞窟のガイドとなった語り手の、たいていは突拍子もない解説に覆われて、物語が掻き消えてしまう。この語り手は、実際に洞窟を訪ねてみるより先に、洞窟の特徴を逐一ならべたてずにはいられない。こうして『先史時代』〔原題は *Préhistoire* で、『物語以前』と訳すことも不可能ではない〕（一九九四年）は、歴史＝物語〔**histoire**〕に先立つことの話、もしかしたら書くことに先立ってあったかもしれないことの話なのであり、現実を記述することの不可能性について皮肉にみちた省察をめぐらせている。偏執的な語り手は、しかし最後になって、意味もなく落ちてきた引き出しの犠牲になり、みずから洞窟に閉じこもってしまう。同種の、だがより奔放なユーモアが、ジャン＝リュック・ブノジグリオの小説の特徴になっている。ブノジグリオは、日常生活に起こるほんの些細な出来事を、「ナンセンス」にいたるまで書き込んでいく。おかげで『肖像画陳列室』（一九八〇年）では、単なる引越し作業が滑稽な大冒険譚になる。ブノジグリオの小説の喜劇性は、語り手が読者を絶えず責め立てたり、駄洒落をとばしたりするところから来ている。とくに駄洒落は、客観的にみれば苦しいはずの状況が、たとえば『元恋人の絵』（一九八九年）で語られる男女の別れが、深刻な雰囲気を帯びるのをはばんでいるのである。

卑近な現実から出発すること、なんの誇張もまじえずに、郊外の現実や平凡な人びとの平凡な生活の現実から出発することはまた、ひとつの新しいリアリズムに通じていくことがある。ダニエル・サルナーヴの小説に示されているのは、私たちの生活を織りあげているくすんだ生地に、偏りなしにじかに触れようとする努力である。アニー・エルノーの作品にもやや似て、白いエクリチュール〔無色の文体〕が用いられることで、どんな潤色も、ものごとを美化するどんな嘘も、拒まれる。たとえば『夫婦の会話』（一九八七年）は、「彼女」と「彼」のあいだで交わされる一連の会話を書き綴ったもので、若干のト書きを除いては話者の介入もみられず、あまりに陳腐な台詞ばかりでできた戯曲のようである。『決別』（一九八八年）は、語り手の若いカメラマンに向かってありきたりの思い出をしゃべるだけの大叔父の言葉から構成されている。こうして生活上の些細な事実に注意が向けられるとき、人生の穏やかで悲しい陳腐さが問題になってはいても、たしかに独特の感情が湧き起こってくる。『幻の生活』（一九八六年）は、ある男女の不倫が語られているところをみると、フロベールの系譜に連なる小説である。教師のピエールと銀行員のアニーは不倫の関係におちいる。だが、やがてこの恋愛が失敗に帰することになっても、〔フロベールの『ボヴァリー夫人』におけるように〕自殺はけっして起こらず、ただいずれの人生も、人生にとりついた夢の「幻影」でしかないとする苦い確認が行なわれるにすぎない。

どうやったら陳腐さの罠から逃れることができるのか。エマニュエル・カレールはこの問いに、リアリズムを一種の奇想、しかもなかなか油断のならない奇想に引き寄せることで答えている。『手の届かぬところ』（一九八八年）の若い女性教師フレデリックは、規則正しい生活を送っていたところへ、ギャンブルに狂ってルーレット熱に取りつかれるが、やがて堅実な生活を取り戻す。カレールは、作中人物が経験する逸脱のすべてを、日常が覆い隠している脱線のすべてを、逐一書きとめることにこだわりを見せる。じっさい『口ひげを剃る男』（一九八六年）は、自分の口ひげを剃ってしまったと思い込み、自分が自分であるという感覚を少しずつ失っていく男の奇妙な物語で、カフカを彷彿とさせるところがある。喜劇的な要素の連鎖が、しだいに悪夢の様相を呈するようになるのだ。同じようなプロセスは、つまり変化が少しずつ進行して読者を罠にかける技法は、子供に宿る恐怖心をみごとに喚起する『冬の少年』（一九九五年）にも見出すことができる。

私の考えでは、マリー・ンディアイが示しているのもまた、リアリズムと奇想をたくみに綯いあわせる才腕である。この若き女性小説家は、当初は一種の力業に挑み、『古典劇』（一九八七年）で、山場が頻繁におとずれる伝統的な小説の筋立てをたった一文で語りつくしてみせた。『家族で』（一九九一年）をきっかけにして、ンディアイは驚くべき語り口を獲得する。ごくありきたりのことでさえも、きわめて異常なことであるかのように描くのである。たとえば『魔女』（一九九六年）のヒロインは、透視能力をそなえた若い女性だが、彼女自身その能力の影響をこうむる（透視力が発揮されるとき、激しい鼻血をともなう）。夫が自分のもとを去っていくこと、離婚した両親のよりを戻させるべくパリまで出かけていくこと、不愉快きわまりない隣人がひどいいたずらっ子に付き添われて何度か訪ねてくることなど、彼女は自分の身に降りかかる災難をすべて予見するが、それらを防ぐことはできない。彼女の魔女としての才能は結局のところ、ありのままの現実を普通よりも鋭敏かつ繊細に認識するひとつの方法でしかないように見える。だからこれは、ありのままの現実を精妙に描きだす小説なのである。

現実をいっそう剝き出しにしようとするこうした新しいリアリズムは、私たちに襲いかかる事象を表現するために、人物たちの言葉を交錯させたり、構成から効果を引き出したりといったことを要請する。この点で、新しいリアリズムの声を最も強く響かせているのは、もしかするとフランソワ・ボンかもしれない。コンクリートと郊外と刑務所が、ボンの作品世界だ。『ビュゾンの犯罪』（一九八六年）では、二人の主人公が刑務所から出てくるが、彼らは幻覚でも見るように過去の思い出に襲われるだけである。ビュゾンの老いた伯父は、甥のビュゾンと同じく、のさばる暴力にどのような意味をあたえてよいのかわからない。そして、このような混沌状態をたくみに伝えるのが、フォークナー流の独白を並置するこの小説の構成である。『三面記事』（一九九三年）は、証言や供述をつなぎあわせることで、ある恐るべき事件の経緯——どうやってF・アルヌはひとりの若者を刺し殺し、その若者の妻と女友達を人質にとったのか——を再構成しようとする。証人たちの陳述が反復され、恐怖がくりかえし喚起されることで、陳腐であると同時に悲惨な現実が理解される仕組みになっている。ボンはけっして作中人物に余計な干渉をしようとはしない。彼の文章は、ごまかすことなく現実を再構成するための場なのである。彼は小説を介して、ひとつの出来事にはさまざまな決定要因が複雑に絡みあっていることを示そうとしているのだ。

こうして現実とは、あらかじめ与えられた何かとして存在するようなものではなくなっている。現実が、散逸した断片をつなぎあわせて再構成しないかぎり見えてこないものであることは、『三面記事』のなかで『クーリエ・ド・ルウェスト』紙の数行の記事が、一連の証言を誘うきっかけになっていることに示されている通りである。このように構成原理を明るみに出し、テクスト配列の法則を示してみせることには、別の目的が存する場合もある。たとえばカミーユ・ロランスの『インデクス』（一九九一年）と『ロマンス』（一九九二年）の章立ては、各章の表題をアルファベット順に配列したものだが、この仕掛けによって、複数の物語をロマネスクの徴《しるし》のもとで交錯させ、読者をして断片によるアイデンティティ探索の加担者にするのである。他方でルノー・カミュは、月並みそのものの小説の規範をあえて模倣してみせることがある。『ロマン・ロワ』（一九八三年）におけるように、型どおりの諸コードをとことんまでなぞることによって、これらを内破させてしまうのだ。『牧歌』（一九七九～一九八二年）を構成する四篇の小説は、その人工性をおおっぴらに掲げ、批評的注釈を挿入することで、素朴な読解をことごとく打ち砕いていく。これは、意味のたえざる横滑りを際立たせるための仕掛けなのである。

オリヴィエ・ロランは『世界の発明』（一九九三年）で、同じ一日に世界の各所で起こる出来事を、ひと続きの物語に組み立てようとこころみている。この小説は全体小説の野心を捨て去っていない。手法を読者の目にさらして見せながら、全体化をはかろうとしているのだ。『ポートスーダン』(一九九四年)はたぶん、『世界の発明』と対をなしている小説と言えるだろう。醒めた断念を描くこの短い小説は、ひとりの男の人生と執筆行為の中心に、不在のテーマを据えている。構成された現実は、はたして世界の真相に一致しているのだろうか。こうした素朴な問いは、オリヴィエ・カディオの『ズワーヴ兵たちの大佐』(一九九六年)においては消え失せてしまう。世界と言語とをともに新しくつくり直そうと精を出すロビンソンなる人物を登場させていた『みらいの むかしの つかのまの』(一九九三年)に続く『ズワーヴ兵たちの大佐』は、小説ジャンルの諸法則を猛烈な速度で攪乱し、語り手の唯我独尊ともいうべき狂乱の語りのなかに読者を置き入れる。イブニングパーティーのしきたりの偏執的な記述(語り手はカクテルパーティーで給仕をする)、魚釣りやセックスの場面の超高速の描写といったものが、この本にきわめて特異な喜劇性を付与している。どうやらカディオは、なんらかの構成原理に従うというよりも、むしろある種の賭けに、心中に去来するものをハイスピードで小説に書いてみるという賭けに身を投じているらしい。

私は本章の終わりにジョルジュ・ペレックの作品を取っておいた。なぜなら彼の作品は、形式上の遊戯とリアリズムへの野心を見事なまでに結び合わせているように思われるからだ。作家自身が(一九八二年に)早すぎる死を迎えて以来、ことに近年、ペレックの作品は、執筆上の制約と全体小説の試みとを総合する仕事としては最も生産的な部類に入るものと見なされるようになってきている。処女小説の『物の時代』(一九六五年)は、ヌーヴォー・ロマンとフロベールのあいだに位置する作品である。消費社会がもたらす事物への注視をヌーヴォー・ロマンと共有する一方で、ジェロームとシルヴィー二人の主人公の欲望に対して冷たい皮肉を投げつけるところは、フロベールに通じている。若いブルジョワ夫婦がみずから欲していると思い込んでいる「物」は、結局のところ、彼らの社会的帰属を示す記号でしかない。彼らの挫折は、この点を理解しないところから来ているのだ。ペレックの中性的な文体は目録《リスト》へと向かう傾向をすでに示しているが、そのことによって、現実と無媒介に関係しうるという幻想を告発してもいる。なにしろ世界はさまざまな分類項から成り立っていて、分類こそが世界を構造化しているのだから。かくして規則との戯れが、執筆《エクリチュール》の原理そのものになる。一九七〇年からペレックが「潜在文学工房《ウリポ》」に参加することは、そのことの当然の結果であるように思われる。外的な制約が物語の組織原理を導きだし、また物語の修辞的作用を保証する。どうやらそうした制約は、ペレックにとって防護柵の役割を果たし、創造力の枯渇や自己不信の発作から彼を守っているようだ。『失踪』(一九六九年)は、リポグラムの手法、すなわち特定の文字を含んだ語をすべて避けながら書く手法を用いた作品としては、今もって最も有名な事例である。この本は一貫して「e」の文字を排して書かれている。驚くべき離れ業というべきだが、これを作者ペレックの個人史に、すなわち両親が強制収容所で「失踪」している事実に関係づけてみるとき、そこからは独特の陰影が浮かびあがってくる。母音字〔e〕なしで書かれるとき、ペレック〔Perec〕という名前は消えてなくなるが、また同時に、もともとヘブライ文字で書かれた場合のペレックの名がよみがえる〔ペレックはユダヤ系〕。先ほど見たように、『Wあるいは子供の頃の思い出』は、消滅を背景に浮かび上がってくるこうした主体のあり方を、別種のやり方で表現している。それゆえ遊戯はけっして無償ではないのだ。遊戯はテクストを産出するとともに、読者が加担しうるような空間をつくりだす。そこで読者は、記号の解読者に変容するのである。

徹底的な消滅(それは結局のところ、文字記号という一時的な痕跡を紙面に残すのみだろう)の危険、もしくはその誘惑が、ペレックの全作品に取りついている。そこにはまた、模造《シミュラークル》についてのたえざる省察が重ねられている。ペレックの小説に贋造者たちが数多く登場するのは、人をあざむく作家の能力を皮肉まじりに主題化するためである。現実とはコピーのひとつにすぎない、というのが『美術愛好家の陳列室』（一九七九年）で言われていることであるように思われる。さらに『人生 使用法』（一九七八年）では、現実は、主要人物のひとりであるバートルブースによって絵に描かれ、断片に切り分けられ、組み立て直され、しまいには完全に破壊されるためにのみ、存在しているにすぎない。そもそもバートルブースという名も、ヴァレリー・ラルボーからの借用である〔ラルボーの小説『A・O・バルナブース全集』（一九一三年）の主人公の名は、バルナブース〕。『人生 使用法』は、まちがいなくペレックの代表作である。これは「romans」〔複数の小説〕と銘打たれているように、推理小説だったり恋愛小説だったり社会学的小説だったりする一〇〇篇ほどの小さな小説を総合した、愉悦にみちた作品である。全体は一種のジグソー・パズルの体裁をとっているが、このパズルにはかなめのピース〔pièce〕がいつまでも欠けているようだ（欠けているのはWという男、それからひとつの部屋〔pièce〕。この部屋には、まさにこの小説の舞台になっているパリの集合住宅全体の生活を、巨大な絵画に描こうとしている画家ヴァレーヌ〔ヴァレーヌは、ペレックのかつての筆名でもある〕が住んでいるようなのだが）。『人生 使用法』はこうして、何十人もの生活情景を繰りひろげてそれらを交錯させながら、多くの図表やイラストを描き入れ、多くの書物からの引用をまじえていく。レーモン・クノーに捧げられたこの一書は、ペレック自身の先行作品に登場するすべての作中人物の足跡を、なんらかのかたちで辿ってみせてもいる。ピースの欠けたジグソー・パズルの喩えが言わんとしているのは、何もない空白が、つまりはピースを動かすための遊びの部分が、まさに必要であるということだ。それは全体化を可能にするとともに、その実現をいつまでも繰り延べにするのである。現実世界を汲みつくすことが、たしかに小説家ペレックの目的ではある。しかしそうした目的を追求していけば、いずれは終わりに行き着いてしまう危険を、ペレックみずから示そうとしてもいるわけだ。

読者がテクストの構成規則をすべて理解するなどということは、もちろんありえない（構成規則じたいは、その一部が『「人生 使用法」の明細表』（巻末参考文献【31】参照）に記されてはいる）。読者はテクストに込められた謎をすべて解き明かすことはできないし、たとえ巻末の索引を参照しても、各章に隠された引用をすべて見つけだすこともできない。読者の役割は別のところにある。読者がけっして忘れてはならないのは、一冊の本が、借用ということも含めて他の多くの本からできているということである。かつまた読者は、種々の複製から出発して、現実というものを構築していかなければならない。もしかすると読者とは、あの欠けたピースが身をやつした存在なのかもしれない。読者は、みずから遊戯に身をまかせることを、テクストから求められているのだ。とはいえ『人生 使用法』は、それ自体がひとつのテクストにすぎないことを訴えるにとどまらない。この書物をテクストとして意識することは、「使用法」を参照しながら、私たちの手でひとつの世界をつくりあげていくために不可欠なのである。そうしてつくられる世界とは、まさに私たちが住まう世界であり（小説の舞台が、さる集合住宅であるのは偶然ではない）、私たちが自分自身の痕跡を、心揺さぶる痕跡を残していく世界なのである。つまりは、世界についての私たちの言説とイメージの総体こそが、私たちの住まう世界にほかならないのだ。この意味で『人生 使用法』は、偉大なるリアリズム小説であるとも言わなければならない。これは、二十世紀に固有の種々の生活様式が、無尽蔵に掲載されたカタログでもあるのだ。

ジャック・ルボーは、ペレックが切り開いた道のうえを歩んでいると言ってよい。ペレックと同じく「潜在文学工房《ウリポ》」の一員にしてクノーの賛美者でもあるルボーは、執筆上の制約をみずからに課すことによって、物語ることへの欲求をあらたに覚えるのだ。彼は円環方式にもとづいて作品を書く。詩人にして数学者でもあるルボーは繊細なユーモアの持ち主であり、三部作（『美しきオルタンス』一九八五年、『オルタンスの誘拐』一九八七年、『オルタンスの流謫』一九九〇年）のヒロインであるオルタンスの行方を追いながら、自由な小説世界を繰り返しつくりだす。形式上の論理とさまざまな人生の再現（たとえば『ジョン・マクタガート・エリス・マクタガートのおぞましい火かき棒』（一九九七年）は、「どちらかといえば短い」三〇の小伝から構成されている）とのあいだに身をおきながら、ルボーは物語作品を遊戯と目配せのフィールドにする。この点は、ドゥニ・ロッシュがまとめ役をつとめるスイユ社の「フィクション商会」叢書から本を出している作家、とくにフロランス・ドゥレーなどと同様である。ルボーにとって物語作品は、「幾多の挿入と分岐」をほどこしながら、自伝的な題材を生かすための空間でもある。じっさい自伝的要素が、『ロンドンの大火事』（一九八九年）に陰鬱な調子をあたえている。

結論　読者について

私が問いたいのは、二十一世紀の小説がどのような道へと進んでいくのか、ということではもちろんない。コンピューターやインターネットの発達と結びついた新しい執筆手段の登場は、あらたな形式の開花をうながすかもしれない。小説はヴァーチャルな方向へと進んでいくかもしれない。つまり読者が、テクストの作成に協力するかたちで、決定的な位置を占めるようになるかもしれない。しかしこの種の変容は、まだ萌芽的な段階にとどまっている。二十世紀の小説が定着させたのは、おそらくは読者が演じる積極的な役割についての意識だろう。読者に要請されているのは、作中人物に同一化するおりにも批判的な距離を崩さないこと、コードと戯れること、記号のネットワークを解読することである。プルーストからペレックにいたるまで、読者は意味の形成に参与することを求められているのだ。「現実模倣《ミメーシス》」というリアリズムの野心は終焉を迎えたが、小説は現実《リアル》をつくりだす方法の実験場になっている。小説は、世界の複雑さを形にして表わすための特権的な領域でありつづけているわけだが、これも、かつておおかたは直線的に進展するものだった時間を分断したり、語られる現実を取捨するさまざまな語りの声を紙面に浮かびあがらせたり、という手続きを踏んできたからである。

小説を読むには、実務的ないしは真面目な仕事をいったん離れて、ひとりきりの時間を手に入れる必要がある。小説を読むという行為には、想像世界を投影する愉しみをもたらすところなど、どこか遊戯に似たところがある。だがそれは、自己探求のための真剣な遊戯であって、そこで読者は、こんにちの消費社会が浴びせかけてくるおびただしい量のイメージに対して距離を置くすべを知るのだ。この特殊な遊戯の形態は、二十世紀末の現在、ことのほか開かれている。こんにちの読者は、いわば巨大な図書館を前にしており、そのなかに入って好きなように本を漁ることができる。あらゆる種類の小説を、漏れなく手にすることができるのだ。じっさい、想像の世界で遊んだり息抜きをしたりするために書かれた物語を読んで気分転換をはかろうとすることもできるし、別種の小説、たとえば十九世紀から引き継がれた種々の表象のあり方の解体が必ずしもその狙いではないような小説のうちに、なんらかの隠蔽された現実が暴露されていないか、探し求めることもできる。さらには、より高度な読解力（さまざまな作品の記憶、コードに対するアイロニー）を要求する現代小説の、数々の難しい試みを賞味することもできる。難しい試みといっても、「平易」と評される本を読むより、得られる愉しみが小さいとはいえない。

この小著を読んで、多様で豊穣な小説世界を実地に踏査してみたいと思っていただけたら、そして来るべき作品のための未来の読者を養成するのに本書がわずかなりとも貢献できたら、というのが私の願いである。

訳者あとがき

本書は Dominique Rabaté, *Le roman français depuis 1900* (Coll. « Que sais-je ? » n°49, P.U.F., Paris, 1998) の全訳である。原題を直訳すれば『一九〇〇年以降のフランス小説』となるところだが、内容を斟酌して邦題は『二十世紀フランス小説』とした。原著は一九九八年の刊行でありながら、長い歴史をもつクセジュのシリーズ番号としては四九番と若い数字が打たれている。そもそも『一九〇〇年以降のフランス小説』のタイトルを冠した一書が、フランス本国のクセジュに収められたのは一九四〇年代のこと。現代小説の動向の案内役となることが、その眼目であった。以来、著者のルネ・ラルーの手によって何度か増補改訂が重ねられたのち、八〇年代にピエール・ド・ボワデフルが内容を更新して同書の著者となった。ドミニク・ラバテの手になる本書は、したがって過去に刊行された同タイトルの本から器を引き継ぎ、二十世紀末の視点から中身を一新したもので、現時点における最新版である。

同時代のフランス小説の翻訳紹介が斜陽になってから、すでに久しい。おそらくは一九八〇年代前半あたりを境にして、文学を含むフランスの人文書籍の紹介の中心は思想書に移行したのではないか。この趨勢はいまもって続いているようにみえる。だがこれは、本国フランスにおいて小説そのものが斜陽になっていることをいささかも意味しない。たしかに散発的な翻訳紹介はおこなわれている。しかし散発的であることの代償として日本の読者から失われて久しいもの、それは個々の作品の出自と背景、作品どうしの相互関係に関する知識と理解ではないだろうか。言うなれば、現代フランス小説の森に分け入るための地図を、われわれは切実に必要としているのである。地図が手許にないままの作品との散発的な出会いは、受容の愉しみを、じつは半減させている。裏をかえせば、読書の指針を示してくれる地図を手許におきながら、新しい翻訳小説を手に取るとき、あるいは未邦訳の小説に思いを馳せるとき、読書という体験がもたらす愉悦はまちがいなく倍増するのである。それは、ワインについて体系的に知ることが、一杯のワインの味わいを深めるのとまったく同じことだ。

本書はハンディな小著ながら、二十世紀フランス小説のガイドとしては第一級のものであると言っていい。とりわけヌーヴォー・ロマン以降の現代小説に関心をいだく読者にとって、本書が好個の案内役を果たすことは、全体の三分の一にあたる頁数が、日本の一般読者にとってはおそらく馴染みのうすい、しかし読めば面白いこと必定の、六八年以降の小説の紹介に充てられていることからもおわかりいただけよう。加えて、いまや分厚い思想書に圧されて喘いでいるようにもみえる小説というジャンルに二十世紀の作家たちが込めてきた独自の思考を、ひとわたり眺めわたすことができる。その要点を遺漏なくおさえながら、小説というジャンルの特異性とその絶えざる変容をめぐる著者の犀利な思考が随所に顔をのぞかせるところも、本書の大きな魅力になっている。

著者のドミニク・ラバテは現在ボルドー第三大学教授。単著として、『ルイ=ルネ・デ・フォレ——声とヴォリューム』（*Louis-René des Forêts : la voix et le volume*, José Corti, 1991）、『消尽の文学のほうへ』（*Vers une littérature de l'épuisement*, José Corti, 1991）、『声の詩学』（*Poétiques de la voix*, José Corti, 2000）、『破れ鍋——文学の偏差』（*Le Chaudron fêlé : écarts de la littérature*, José corti, 2006）などがあり、編者としても『抒情的主体のフィギュール』（*Figures du sujet lyrique*, P.U.F., 1996）をはじめ数多くの論集を刊行している。いまやフ

ランスの二十世紀文学研究を領導する気鋭の研究者である。とくに「語りの声」の問題を中心に据えて、小説ジャンルへの新たなアプローチを模索してきたところがあり、それは本書で「声」が鍵語になっていることからも、うかがい知ることができる。

本書の翻訳の方針について、若干のことを述べておきたい。

まず本書で言及されている作品のタイトルの訳出に関することだが、邦訳書のあるものについては、基本的にはその邦題に従った。ただし、原題と邦題にかなりの乖離がある場合には、訳者がタイトルを訳出したうえで、割注で既存の邦題を記しておいた。いずれにせよ、巻末の索引において邦題に仏語原題を添えておいたので、必要に応じて参照していただければ幸いである。作家の氏名など固有名詞のカタカナ表記についても同様である。

本文における作品からの引用箇所は、既存の邦訳を参考にさせていただいた。既訳をそのまま採用させていただいた場合もある。ここで一人ひとりのお名前を挙げる余裕はないが、訳者の方々には謝意を表する次第である。

本書は概説書ではあっても、基礎から説きおこした入門書であるとは言いがたい。読者の知識教養をあてこんで書かれている箇所も多く、とくに日本の一般読者にとっては、本文の文脈だけでは理解しかねるだろう行文も見受けられる。したがって、読者の便宜のために、煩瑣にならない程度に割注で本文を補った。短い割注だけでは済まない場合には、長めの注を段落末に付しておいた。ちなみに原著に注はないので、注はすべて本文の理解の一助となるよう訳者があえてした容喙である。また、原著にみられる年号や固有名詞や書名などの誤記は、原著者に確認をとったうえで訂正しておいた。

本書は、千葉文夫先生のご慫慂によって訳者が翻訳することになったものである。先生には、訳者が修士課程の学生だった時分にドミニク・ラバテの小説論の魅力を教えていただいたばかりか、ラバテ氏ご本人との出会いの機会までつくっていただいた。ラバテ氏は、訳者の質問に丁寧に答えてくださった。また友人のカリーヌ・アルネオドと妻の容子には、フランス語原文の不明箇所の理解を助けてもらった。
最後に、白水社編集部の中川すみさんに感謝をささげたい。仕事の遅い訳者の横面を思いきり張りとばしたかっただろうと思うのだが、適切な助言によって訳者を最後まで導いてくださった。

二〇〇八年四月

三ツ堀広一郎

人名索引

ア行

アジャール（エミール）Émile Ajar (1914-1980)　123
アポリネール（ギヨーム）Guillaume Apollinaire (1880-1918)　15
アラゴン（ルイ）Louis Aragon (1897-1982)　35, 36, 76, 78
アラン（マルセル）Marcel Allain (1885-1969)　16
アラン=フルニエ Alain-Fournier (1886-1914)　15, 32
アンリオ（エミール）Émile Henriot (1889-1961)　100
イゾ（ジャン=クロード）Jean-Claude Izzo (1945-2000)　126
ウルフ（ヴァージニア）Virginia Woolf (1882-1941)　109
ヴァイヤン（ロジェ）Roger Vailland (1907-1965)　77
ヴァレス（ジュール）Jules Vallès (1832-1885)　59
ヴァレリー（ポール）Paul Valéry (1871-1945)　13, 14
ヴィアラット（アレクサンドル）Alexandre Vialatte (1901-1971)　34
ヴィアン（ボリス）Boris Vian (1920-1959)　88
ヴィッティグ（モニック）Monique Wittig (1935-2003)　132
ヴォロディーヌ（アントワーヌ）Antoine Volodine (1949-)　141
エーコ（ウンベルト）Umberto Eco (1932-)　45
エシュノーズ（ジャン）Jean Échenoz (1947-)　127, 140, 141
エルノー（アニー）Annie Ernaux (1940-)　131, 143
オリエ（クロード）Claude Ollier (1922-)　113
オルセンナ（エリック）Erik Orsenna (1947-)　122

カ行

カディオ（オリヴィエ）Olivier Cadiot (1956-)　147
カフカ（フランツ）Franz Kafka (1883-1924)　93, 97, 101, 144
カミュ（アルベール）Albert Camus (1913-1960)　22, 69, 72-75, 78, 79
カミュ（ルノー）Renaud Camus (1946-)　146
カルネ（マルセル）Marcel Carné (1906-1996)　57, 58
カレール（エマニュエル）Emmanuel Carrère (1957-)　144
ガイイ（クリスチャン）Christian Gailly (1943-)　142
ガデンヌ（ポール）Paul Gadenne (1907-1956)　81, 83
ガリ（ロマン）Romain Gary (1914-1980)　123
ガリマール（ガストン）Gaston Gallimard (1881-1975)　23, 69
キニャール（パスカル）Pascal Quignard (1948-)　137-139
ギベール（エルヴェ）Hervé Guibert (1955-1991)　131
ギャバン（ジャン）Jean Gabin (1904-1976)　58

ギユー（ルイ）Louis Guilloux (1899-1980) 13, 59, 60

ギヨタ（ピエール）Pierre Guyotat (1940-) 113

クノー（レーモン）Raymond Queneau (1903-1976) 89, 90, 149, 150

クラヴェル（ベルナール）Bernard Clavel (1923-) 122

グラック（ジュリアン）Julien Gracq (1910-2007) 82, 83

クララ（ピエール）Pierre Clarac (生没年不詳) 24

クリステヴァ（ジュリア）Julia Kristeva (1941-) 128

クンデラ（ミラン）Milan Kundera (1929-) 129, 133

グリーン（ジュリアン）Julien Green (1900-1998) 47, 58

グルー（フロラ）Flora Groult (1924-2001) 132

グルー（ブノワット）Benoîte Groult (1920-) 132

ケロール（ジャン）Jean Cayrol (1911-2005) 96, 97

コーエン（アルベール）Albert Cohen (1895-1981) 115, 116

コクトー（ジャン）Jean Cocteau (1889-1963) 38, 39, 44

コレット（シドニー=ガブリエル）Sidonie-Gabrielle Colette (1873-1954) 38

コンブ（エミール）Émile Combes (1835-1921) 13

コンラッド（ジョゼフ）Joseph Conrad (1857-1924) 15

ゴルドマン（リュシアン）Lucien Goldmann (1901-1970) 100, 102

サ行

サガン（フランソワーズ）Françoise Sagan (1935-2004) 87

サルトル（ジャン=ポール）Jean-Paul Sartre (1905-1980) 8, 47, 68-74, 76-78, 123

サルナーヴ（ダニエル）Danièle Sallenave (1940-) 118, 143

サロート（ナタリー）Nathalie Sarraute (1900-1999) 101, 109, 110, 129

サン=シモン Saint-Simon (1675-1755) 28

サン=テグジュペリ（アントワーヌ・ド）Antoine de Saint-Exupéry (1900-1944) 53

サンドラール（ブレーズ）Blaise Cendrars (1887-1961) 40

シクスー（エレーヌ）Hélène Cixous (1937-) 132

シムノン（ジョルジュ）Georges Simenon (1903-1989) 59

シモン（クロード）Claude Simon (1913-2005) 100, 102, 105-109, 123, 129, 136

シャモワゾー（パトリック）Patrick Chamoiseau (1953-) 134

シャンデルナゴール（フランソワーズ）Françoise Chandernagor (1945-) 122

シャンポリオン（ジャン=フランソワ）Jean-François Champollion (1790-1832) 139

シュヴィヤール（エリック）Éric Chevillard (1964-) 143

シュオップ（マルセル）Marcel Schwob (1867-1905) 13, 15

シュペルヴィエル（ジュール）Jules Supervielle (1884-1960) 34, 35

シュライビ（ドリス）Driss Chraïbi (1926-2007) 133

ジアン（フィリップ）Philippe Djian (1949-) 127

ジェバール（アッシア）Assia Djebar (1936-) 133

ジオノ（ジャン）Jean Giono (1895-1970) 36, 37, 84-88
ジッド（アンドレ）André Gide (1869-1951) 8, 13, 15, 23, 25, 32, 42-45, 50, 102, 114
ジャリ（アルフレッド）Alfred Jarry (1873-1907) 40
ジュネ（ジャン）Jean Genet (1910-1986) 92
ジョイス（ジェイムス）James Joyce (1882-1941) 34, 101, 113
ジョンケ（ティエリー）Thierry Jonquet (1954-) 126
ジロドゥー（ジャン）Jean Giaudoux (1882-1944) 34, 35
スヴェストル（ピエール）Pierre Souvestre (1874-1914) 16
スタンダール Stendhal (1783-1842) 8, 86
スティーヴンソン（ロバート・ルイス）Robert Louis Stevenson (1850-1894) 15
セゼール（エメ）Aimé Césaire (1913-2008) 134
セリーヌ（ルイ=フェルディナン）Louis-Ferdinand Céline (1894-1961) 22, 54, 56, 59, 61-66, 69, 126
ソレルス（フィリップ）Philippe Sollers (1936-) 113, 128
ゾラ（エミール）Émile Zola (1840-1902) 9, 12, 19, 41

タ行

タディエ（ジャン=イヴ）Jean-Yves Tadié (1936-) 24, 31
ダビ（ウジェーヌ）Eugène Dabit (1898-1936) 57
ダンテック（モーリス・G）Maurice G. Dantec (1959-) 126
チャンドラー（レイモンド）Raymond Chandler (1888-1959) 125
ディブ（モハメッド）Mohamed Dib (1920-2003) 133
デスノス（ロベール）Robert Desnos (1900-1945) 40
デナンクス（ディディエ）Didier Daeninckx (1949-) 125
デフォー（ダニエル）Daniel Defoe (1660-1731) 119
デフォルジュ（レジーヌ）Régine Desforges (1935-) 122
デ・フォレ（ルイ=ルネ）Louis-René des Forêts (1918-2000) 78, 79, 94, 95
デュアメル（ジョルジュ）Georges Duhamel (1884-1966) 16, 20, 22
デュヴィヴィエ（ジュリアン）Julien Duvivier (1896-1967) 58
デュジャルダン（エドゥアール）Édouard Dujardin (1861-1949) 34
デュビー（ジョルジュ）Georges Duby (1919-1996) 121
デュボワ（ジャック）Jacques Dubois (1933-) 25
デュラス（マルグリット）Marguerite Duras (1914-1996) 111, 112, 129
トゥーサン（ジャン=フィリップ）Jean-Philippe Toussaint (1957-) 141, 142
トゥルニエ（ミシェル）Michel Tournier (1924-) 119
トマ（アンリ）Henri Thomas (1912-1993) 84
トルストイ（レフ）Lev Tolstoï (1828-1910) 14
ド・ヴォギュエ（ウジェーヌ=メルキオール）Eugène-Melchior de Vogüé (1848-1910) 14
ドゥヴィル（パトリック）Patrick Deville (1957-) 141, 142
ドゥブロフスキー（セルジュ）Serge Doubrovsky (1928-) 131
ドゥペストル（ルネ）René Depestre

(1926-)　134
ドゥルーズ（ジル）Gilles Deleuze (1925-1995)　27
ドゥレー（フロランス）Florence Delay (1941-)　151
ドストエフスキー（フョードル）Fedor Dostoïevski (1821-1881)　14, 15, 49, 60, 61, 95
ドス・パソス（ジョン）John Dos Passos (1896-1970)　22
ドーテル（アンドレ）André Dhôtel (1900-1991)　33
ドリュ・ラ・ロシェル（ピエール）Pierre Drieu La Rochelle (1893-1945)　54, 76

ナ行

ナヴァール（イヴ）Yves Navarre (1940-1994)　131
ニーチェ（フリードリヒ）Friedrich Nietzsche (1844-1900)　40, 60, 73
ニミエ（ロジェ）Roger Nimier (1925-1962)　87
ネルヴァル（ジェラール・ド）Gérard de Nerval (1808-1855)　32

ハ行

バタイユ（ジョルジュ）Georges Bataille (1897-1962)　51, 52, 81, 90-92, 113
バフチン（ミハイル）Mikhaïl Bakhtine (1895-1975)　49
バルザック（オノレ・ド）Honoré de Balzac (1799-1850)　9, 15, 19, 28, 101
バルト（ロラン）Roland Barthes (1915-1980)　89, 100, 112
バルビュス（アンリ）Henri Barbusse (1873-1935)　56, 57
バレス（モーリス）Maurice Barrès (1862-1923)　13, 15, 16, 25
パック（ジャニーヌ）Jeannine Paque（生年不詳）　25
パニョール（マルセル）Marcel Pagnol (1895-1974)　36
パポン（モーリス）Maurice Papon (1910-2007)　126
パンゴー（ベルナール）Bernard Pingaud (1923-)　97
パンジェ（ロベール）Robert Pinget (1919-1997)　108, 141
ビアンシオッティ（エクトール）Hector Bianciotti (1930-)　133
ビュトール（ミシェル）Michel Butor (1926-)　101, 104, 108
ビロン（ミシェル）Michel Biron（生年不詳）　25
ピヴォー（ベルナール）Bernard Pivot (1935-)　128
ピエール・ド・マンディアルグ（アンドレ）André Pieyre de Mandiargues (1909-1991)　92
ピーユ（ルネ=ヴィクトル）René-Victor Pilhes (1934-)　124
ピュエシュ（ジャン=ブノワ）Jean-Benoît Puech (1947-)　134
フェレ（アンドレ）André Ferré（生没年不詳）　24
フォークナー（ウィリアム）William Faulkner (1897-1962)　72, 105, 145
フランス（アナトール）Anatole France (1844-1924)　12, 13, 15
フロイト（ジークムント）Sigmund Freud (1856-1939)　14, 29, 107
フロベール（ギュスターヴ）Gustave Flaubert (1821-1880)　9, 41, 70, 76, 144, 147, 148
ブークレール（アンドレ）André Beucler (1898-1985)　58
ブッツァーティ（ディーノ）Dino Buzzati (1906-1972)　82
ブノジグリオ（ジャン=リュック）Jean-Luc Benoziglio (1941-)　143

ブラン（ジャンヌ）Jeanne Bourin (1922-2003)　121
ブランショ（モーリス）Maurice Blanchot (1907-2003)　32, 79, 92-94, 97, 113, 135
ブールジェ（ポール）Paul Bourget (1852-1935)　12
ブルトン（アンドレ）André Breton (1896-1966)　14, 35, 89
ブロンダン（アントワーヌ）Antoine Blondin (1922-1991)　87
プイ（ジャン=ベルナール）Jean-Bernard Pouy (1946-)　126
プーライユ（アンリ）Henry Poulaille (1896-1980)　57
プルースト（マルセル）Marcel Proust (1871-1822)　9, 14, 20, 21, 23-30, 32, 70, 71, 101, 105, 106, 133, 138, 152
ベケット（サミュエル）Sammuel Beckett (1906-1989)　58, 79, 94, 97-100, 108
ベナキスタ（トニーノ）Tonino Benacquista (1961-)　126
ベルクソン（アンリ）Henri Bergson (1859-1941)　14
ベルグニウー（ピエール）Pierre Bergounioux (1949-)　137
ベルトラン（ジャン=ピエール）Jean-Pierre Bertrand（生年不詳）　25
ベルナノス（ジョルジュ）Georges Bernanos (1888-1948)　47-50, 58
ベレット（ルネ）René Belletto (1945-) 127
ベン=ジェルーン（ターハル）Tahar Ben Jelloun (1944-)　133
ペタン（フィリップ）Philippe Pétain (1856-1951)　36
ペナック（ダニエル）Daniel Pennac (1944-)　126
ペレック（ジョルジュ）Georges Perec (1936-82)　9, 90, 118, 130, 140, 147-150, 152
ボーヴ（エマニュエル）Emmanuel Bove (1898-1945)　58
ボーヴォワール（シモーヌ・ド）Simone de Beauvoir (1908-1986)　75, 78, 132
ボスコ（アンリ）Henri Bosco (1888-1976)　88
ボレル（ジャック）Jacques Borel (1925-2002)　132
ボン（フランソワ）François Bon (1953-)　145, 146

マ行

マアルフ（アミン）Amin Maalouf (1949-)　133
マキーヌ（アンドレイ）Andrei Makine (1957-)　133
マセ（ジェラール）Gérard Macé(1946-)　138, 139
マッコルラン（ピエール）Pierre MacOrlan (1882-1970)　57, 58
マルタン・デュ・ガール（ロジェ）Roger Martin du Gard (1881-1958)　13, 16, 20-22
マルロー（アンドレ）André Malraux (1901-1976)　8, 50-54, 91, 93
マンシェット（ジャン=パトリック）Jean-Patrick Manchette (1942-1995)　124-126
ミエ（リシャール）Richard Millet (1953-)　136
ミション（ピエール）Pierre Michon (1945-)　135, 136
メルル（ロベール）Robert Merle (1908-2004)　122
モディアノ（パトリック）Patrick Modiano (1945-)　120, 121
モーリヤック（フランソワ）François Mauriac (1885-1970)　45-47, 50
モンテルラン（アンリ・ド）Henry de Montherlant (1895-1972)　53, 54

ヤ行

ユルスナール（マルグリット）Marguerite Yourcenar (1903-1987)　114, 115, 134

ラ行

ラカン（ジャック）Jacques Lacan (1901-1981)　113, 114
ラディゲ（レーモン）Raymond Radiguet (1903-1923)　57, 87
ラブレー（フランソワ）François Rabelais（生年不詳-1553）　61
ラミュ（シャルル）Charles Ramuz (1878-1947)　37, 38
ラルボー（ヴァレリー）Valery Larbaud (1881-1957)　33, 34, 149
リヴィエール（ジャック）Jacques Rivière (1886-1925)　15, 31
リオタール（ジャン=フランソワ）Jean-François Lyotard (1924-1998)　118
リカルドゥー（ジャン）Jean Ricardou (1932-)　102, 113
リシャール（ジャン=ピエール）Jean-Pierre Richard (1922-)　127
ルオー（ジャン）Jean Rouaud (1952-)　136
ル・クレジオ（J・M・G）J.-M. G. Le Clézio (1940-)　120
ル・コール（エルヴェ）Hervé Le Corre (1955-)　126
ル=ゴフ（ジャック）Jacques Le Goff (1924-)　121
ルナール（ジュール）Jules Renard (1864-1910)　13
ルブラン（モーリス）Maurice Leblanc (1864-1941)　16
ルボー（ジャック）Jacques Roubaud (1932-)　150, 151
ルルー（ガストン）Gaston Leroux (1868-1927)　16
ルロワ=ラデュリー（エマニュエル）Emmanuel Le Roy Ladurie(1929-) 121
レネ（パスカル）Pascal Lainé (1942-) 123
レモン（ミシェル）Michel Raimond（生年不詳）　12, 13
レリス（ミシェル）Michel Leiris (1901-1990)　94
ロシュフォール（クリスチアーヌ）Christiane Rochefort (1917-1998)　132
ロッシュ（ドゥニ）Denis Roche (1937-)　151
ロッシュ（モーリス）Maurice Roche (1924-1997)　113
ロニー（J・H）J.H.Rosny (1856-1940)　16
ロブ=グリエ（アラン）Alain Robbe-Grillet (1922-2008)　100-104, 108, 129
ロマン（ジュール）Jules Romains (1885-1972)　16, 22, 74
ローラン（ジャック）Jacques Laurent (1919-2000)　87
ロラン（オリヴィエ）Olivier Rolin (1947-)　146
ロラン（ロマン）Romain Rolland (1866-1944)　16, 20, 56
ロランス（カミーユ）Camille Laurens (1957-)　146
ロワ（クロード）Claude Roy (1915-1997)　132

ン

ンディアイ（マリー）Marie Ndiaye (1967-)　145

書名索引

ア行

『愛人（ラマン）』L'Amant　111, 129
『愛の砂漠』Le Désert de l'amour　46
『青い軽騎兵』Le Hussard bleu　87
『青い自転車』La Bicyclette bleue　122
『青い花』Les Fleurs bleues　89
『青い麦』Le Blé en herbe　38
『アカシア』L'Acacia　129
『悪の根』Les Racines du mal　126
『悪魔の陽のもとに』Sous le soleil de Satan　48
『朝、三七度二分』〔邦題『ベティー・ブルー』〕37, 2° le Matin　127
『新しい小説のために』Pour un nouveau roman　101
『アドリエンヌ・ムジュラ』Adrienne Mesurat　47
『アフリカのひとレオン』Léon l'Africain　133
『甘ったれ』Gros-Câlin　122
『アルコール』Alcools　15
『アルゴールの城にて』Au Château d'Argol　83
『ある青春』Une jeunesse　121
『ある犯罪』Un crime　58
『憐れみの処方箋』Protocole compassionnel　131
『アングスト』Angst　132
『アンジェロ』Angelo　87
『一年』Un an　141
『田舎司祭の日記』Le Journal d'un curé de champagne　48
『異邦人』L'Étranger　72, 73, 76
『陰鬱なるバトリング』Battling le ténébreux　34
『インディア・ソング』India Song　112
『インデクス』Index　146
『インドの夏』Été indien　113
『ウィーヌ氏』Monsieur Ouine　49
『失われた時を求めて』A la recherche du temps perdu　15, 23, 24, 27
『失われた夜の夜』Total Khéops　126
『うたかたの日々』〔『日々の泡』〕L'Écume des jours　88
『美しい映像』Les Belles Images　78
『美しきオルタンス』La Belle Hortense　151
『ヴュルテンベルクのサロン』Le Salon du Wurtemberg　138
『エデン，エデン，エデン』Éden, Éden, Éden　113
『エトワール広場』La Place de l'étoile　121
『選ばれた女』Belle du seigneur　115
『演出』La Mise en scène　113
『黄金探索者』Le Chercheur d'or　120
『黄金の果実』Les Fruits d'or　110
『嘔吐』La Nausée　69, 70, 72, 76
『王道』La Voie royale　50
『狼が来た，城へ逃げろ』O dingos, ô château !　125
『丘』Colline　36
『掟』La Loi　77
『沖の少女』L'Enfant de la haute mer　34

『奥方たちの部屋』La Chambre des dames　121
『おしゃべり』Le Bavard　79, 94, 96
『恐るべき子供たち』Les Enfants terribles　38, 39
『オディール』Odile　89
『オートバイ』La Motocyclette　92
『オルタンスの誘拐』L'Enlèvement d'Hortense　151
『オルタンスの流謫』L'Exil d'Hortense　151
『オーレリアン』Aurélien　76
『終わりなき対話』L'Entretien infini　93
『女たち』Femmes　128
『女たらし』Gueule d'amour　58

カ行

『数（ノンブル）』Nombre　113
『風』Le Vent　106
『家族で』En famille　145
『カトリーヌ』Catherine　137
『悲しみ荘』〔邦題『イヴォンヌの香り』〕Villa triste　121
『悲しみよこんにちは』Bonjour tristesse　87
『カービン銃の妖精』La Fée Carabine　126
『壁』Le Mur　71
『神々は渇く』Les Dieux ont soif　13
『カメラ』L'Appareil-photo　142
『カルス』Carus　137
『川と少年』La Rivière et l'enfant　88
『環状大通り』Les Boulevards de ceinture　120
『黄色い犬』Le Chien jaune　59
『黄色い部屋の謎』Le Mystère de la chambre jaune　16
『記憶のための殺人』Meurtres pour mémoire　126
『機械』La Machine　127
『汽車を見送る男』L'Homme qui regardait passer les trains　59
『北』Nord　66
『期待 忘却』L'Attente l'oubli　93
『気晴らしのない王様』Le Roi sans divertissement　85
『北ホテル』Hôtel du Nord　57
『来るべき書物』Le Livre à venir　93, 94
『きびしい冬』Un rude hiver　89
『希望』L'Espoir　52, 53
『恐怖の山』La Grande peur dans la montagne　37
『霧の波止場』Quai des brumes　57
『金髪の大女たち』Les Grandes blondes　141
『偽書』L'Apocryphe　108
『口ひげを剃る男』La Moustache　144
『蜘蛛の微笑』Mygale　126
『暗いブティック通り』Rue des Boutiques obscures　121
『クラルテ』Clarté　56
『狂おしい幸福』Le Bonheur fou　87
『黒い血』Le Sang noir　60, 61
『クロニック』Chroniques　124
『黒の過程』L'Œuvre au noir　115
『グラン・モーヌ』Le Grand Meaulnes　15, 32, 33
『グリニッジ子午線』Le Méridien de Greenwich　140
『消しゴム』Les Gommes　102, 103
『けっしてたどり着けない国』Le Pays où on n'arrive jamais　33
『決別』Adieu　144
『K. 六二二』K. 622　142
『原初の情景』La Scène primitive　97
『現実世界』Le Monde réel　36, 76
『恋人よ，幸せな恋人よ……』Amants, heureux amants...　34
『凍りついた女』La Femme gelée　131

『黒衣婦人の香り』Le Parfum de la dame en noir　16
『国道八六号線』RN 86　126
『心変わり』La Modification　104
『古典劇』Comédie classique　145
『事の次第』Comment c'est　99
『言葉』Les Mots　78
『言葉の使用法』L'Usage de la parole　110
『子供時代』Enfance　129
『子供泥棒』Le Voleur d'enfants　34
『子供部屋』La Chambre des enfants　96
『この声』Cette voix　108
『コリント最後の日々』Les derniers jours de Corinthe　129
『これからの一生』La Vie devant soi　122
『コンスタンティノープルの奪取』La Prise de Constantinople　113
『コンパクト』Compact　113
『五〇万人の兵士のための墓』Tombeau pour 500 000 soldats　113

サ行

『最後のエジプト人』Le Dernier des Égyptiens　139
『最後の人』Le Dernier homme　93
『砂漠』Désert　120
『サムライたち』Les Samouraïs　128
『サラヴァンの生活と冒険』Vie et aventures de Salavin　20
『さらばカフカ』Adieu Kafka　97
『三二万五〇〇〇フラン』325 000 francs　77
『三面記事』Un fait divers　145, 146
『死者たちの苦しみ』La Douleur des morts　126
『シチュアシオン I』Situations I　47, 71, 72
『失踪』La Disparition　148
『嫉妬』La Jalousie　103
『詩的レシ』Le Récit poétique　31
『死の宣告』L'Arrêt de mort　93
『死は誰も忘れない』La Mort n'oublie personne　126
『シャンボールの階段』Les Escaliers de Chambord　138
『シュザンヌと太平洋』Suzanne et le Pacifique　34
『シュルレアリスム宣言』Manifeste du surréalisme　14, 35
『小人伝』Vies minuscules　135
『小説修行』L'Apprentissage du roman　134
『小説的経験』L'Expérience romanesque　97
『小説について』A propos du roman　81
『小説についての試論』Essais sur le roman　101
『小説の危機――自然主義以後から一九二〇年代へ』La Crise du roman : des lendemains du Naturalisme aux années vingt　12
『小説の技法』〔邦題『小説の精神』〕L'Art du roman　128, 133
『肖像画陳列室』Cabinet portrait　143
『小論集』Les Petits traités　139
『植物園』Le Jardins des Plantes　129
『植民地博覧会』L'Exposition coloniale　122
『シルトの岸辺』Le Rivage des Syrtes　82
『城から城』D'un château l'autre　66
『心臓抜き』L'Arrache-cœur　88
『新ムーシェット物語』Nouvelle histoire de Mouchette　48, 49
『審問』L'Inquisitoire　108
『ジェニトリクス』〔邦題『母』〕Génitrix　46

『時間割』L'Emploi du temps　104
『ジークフリートとリモージュ人』Siegfried et le Limousin　34
『地獄』L'Enfer　127
『地獄のようなブルー』Bleu comme l'enfer　127
『事物の状態』L'État des choses　127
『ジブラルタルの水夫』Le Marin de Gibraltar　111
『ジャン＝クリストフ』Jean-Christophe　16
『ジャン・サントゥイユ』Jean Santeuil　24
『自由への道』Les Chemins de la liberté　74, 76
『ジョン・パーキンズ』John Perkins　84
『ジョン・マクタガート・エリス・マクタガートのおぞましい火かき棒』L'Abominable tisonnier de John Mc Taggart Ellis Mc Taggart　151
『ジル』Gilles　54
『人生 使用法』La Vie mode d'emploi　118, 149, 150
『スーサのアイリス』L'Iris de Suse　86
『スティルル家への招待』L'Invitation chez les Stirl　84
『ズワーヴ兵たちの大佐』Le Colonel des zouaves　147
『聖週間』La Semaine sainte　78
『成熟の年齢』L'Âge d'homme　94
『征服者』Les Conquérants　50
『世界の歌』Le Chant du monde　37
『世界の発明』L'Invention du monde　146, 147
『狭き門』La Porte étroite　43
『先史時代』Préhistoire　143
『戦士の休息』Le Repos du guerrier　132
『戦争』La Guerre　120
『善意の人々』Les Hommes de bonne volonté　22
『ソフィーへのスタンス』Stance à Sophie　132
『空の青』Le Bleu du ciel　51, 91
『存在と無』L'Être et le néant　71

タ行

『太平洋の防波堤』Un barrage contre le Pacifique　111
『宝棒』Mât de Cocagne　134
『他者への愛を生きん』Je vivrai l'amour des autres　96
『種馬にされた男たち』Les Hommes protégés　122
『魂の中の死』La Mort dans l'âme　74
『タルキニアの小馬』Les Petits chevaux de Tarquinia　111
『短編と反古草紙』Nouvelles et textes pour rien　99
『第二の性』Le Deuxième sexe　132
『誰かがあなたに話しかける』On vous parle　96
『段階』Degrés　104
『地下組織ナーダ』Nada　125
『地下鉄のザジ』Zazie dans le métro　89
『地の糧』Les Nourritures terrestres　42
『地の果てを行く』La Bandera　57
『チボー家の人々』Les Thibault　21, 22
『調書』Le Procès-verbal　120
『超男性』Le Surmâle　40
『追放と王国』L'Exil et le royaume　80
『辻公園』Le Square　111
『テオティーム屋敷』Le Mas Théotime　88

『テキサコ』Texaco　134
『テスト氏との一夜』La Soirée avec Monsieur Teste　13
『手の届かぬところ』Hors d'atteinte　144
『テレーズ・デスケイルー』Thérèse Desqueyroux　46
『テレビジョン』La Télévision　142
『テレマックの冒険』Les Aventures de Télémaque　35
『天国の根』Les Racines du ciel　123
『天の柱』Les Colonnes du ciel　122
『転落』La Chute　78, 79, 81
『デルボランス』Derborence　37
『田園交響楽』La Symphonie pastorale　43
『伝記』Biographie　131
『闘牛士』Les Bestiaires　53
『とどめの一撃』Le Coup de grâce　115
『トロピスム』Tropismes　109
『Wあるいは子供の頃の思い出』W ou le souvenir d'enfance　130, 148
『ドラマ』Drame　113

ナ行

『内部』Dedans　132
『内部の港』Le Port intérieur　141
『なしくずしの死』Mort à crédit　65
『謎の男トマ』Thomas l'obscur　93
『名づけえぬもの』L'Innommable　98
『涙だけが残るだろう』Seules les larmes seront comptées　133
『南方郵便機』Courrier Sud　53
『肉体の悪魔』Le Diable au corps　56
『西海岸のプティ・ブルー』〔邦題『殺しの挽歌』〕Le Petit bleu de la côte ouest　125
『贋金つくり』Les Faux-Monnayeurs　43-45
『贋金つくりの日記』Le Journal des Faux-Monnayeurs　44
『二番芽』Regain　36
『人間の条件』La Condition humaine　51, 52
『人間の大地』Terre des hommes　53
『ヌーヴォー・ロマンの諸問題』Problèmes du Nouveau Roman　102
『ヌ・ギュストロ事件』L'Affaire N'Gustro　125
『根こぎにされた人びと』Les Déracinés　15
『熱愛』L'Adoration　132
『農耕詩』Les Géorgiques　129
『覗くひと』Le Voyeur　103
『乗合馬車の乗客たち』Les Voyageurs de l'Impériale　76
『呪い師』L'Imprécateur　124

ハ行

『敗残者たちの喜劇』La Commedia des ratés　126
『背徳者』L'Immoraliste　42
『ハドリアヌス帝の回想』Les Mémoires d'Hadrien　115
『花のノートルダム』Notre-Dame-des-Fleurs　92
『花火』Le Feu d'artifice　142
『反サント＝ブーヴ論』Contre Sainte-Beuve　25
『半島』La Presqu'île　83
『場所』La Place　131
『バーゼルの鐘』Les Cloches de Bâle　76
『薔薇色の家』La Maison rose　137
『晩鐘』L'Angélus　136
『パスキエ家の記録』Chronique des Pasquier　21
『パリの農夫』Le Paysan de Paris　35, 36

『パリュード』Paludes 13
『非革命』L'Irrévolution 123
『引き裂かれた本』Le Livre brisé 131
『人喰い鬼のお愉しみ』Au bonheur des ogres 126
『火の戦争』(邦題『人類創世』)La Guerre du feu 16
『比類のない女』La Sans-Pareille 122
『美術愛好家の陳列室』Un Cabinet d'amateur 149
『ビュゾンの犯罪』Le Crime de Buzon 145
『ピトル家の栄光』La Gloire des Pythre 137
『フィリドール・ポジション』La Position de Philidor 124
『夫婦の会話』Conversations conjugales 143
『フェルミナ・マルケス』Fermina Marquez 33
『深い街』La Rue profonde 84
『副領事』Le Vice-consul 112
『不信の時代』L'Ère du soupçon 101, 109
『不滅』L'Immortalité 133
『冬の少年』La Classe de neige 144
『フライデーあるいは太平洋の冥界』Vendredi ou les Limbes du Pacifique 119
『フランスの運命』〔邦題『シオラック家の運命』〕Fortune de France 122
『フランスの遺言書』Le Testament français 133
『フランドルへの道』La Route des Flandres 106
『分別ざかり』L'Âge de raison 74
『ブランシュとは誰か――事実か，それとも忘却か』Blanche ou l'Oubli 78
『ブレストの乱暴者』Querelle de Brest 92
『プチ・ルイ』Petit-Louis 57
『プラネタリウム』Le Planétarium 109
『プルーストとシーニュ』Proust et les signes 27
『プロメテアの書』Le Livre de Prométhéa 132
『北京の秋』L'Automne à Pékin 88
『ペスト』La Peste 22, 74, 76
『法王庁の抜穴』Les Caves du Vatican 42
『砲火――ある分隊の日記』Le Feu, journal d'une escouade 56
『望遠鏡』Longue vue 142
『僕の命を救ってくれなかった友へ』A l'ami qui ne m'a pas sauvé la vie 131
『ぼくのともだち』Mes amis 58
『牧歌』Églogues 146
『ボミューニュ村の男』Un de Baumugnes 36
『ポートスーダン』Port-Soudan 147
『ポーランドの風車』Le Moulin de Pologne 85

マ行

『魔王』Le Roi des aulnes 119
『魔女』La Sorcière 145
『また終わるために，その他のしくじり』Pour finir encore et autres foirades 99
『マダム・エドワルダ』Madame Edwalda 91
『祭り』La Fête 77
『招かれた女』L'Invitée 75
『幻の生活』La Vie fantôme 144
『蝮のからみあい』Le Nœud de vipères 46

『マリクロワ』Malicroix　88
『マルトロー』Martereau　109
『マロウンは死ぬ』Malone meurt　98
『岬』Le Promontoire　84
『湖』Lac　141
『みらいの むかしの つかのまの』Futur, ancien, fugitif　147
『ミラノ通り』Passage de Milan　104
『民衆の家』La Maison du peuple　59
『無限の擁護』La Défense de l'infini　35
『息子』Fils　131
『名誉の戦場』Les Champs d'honneur　136
『牝猫』La Chatte　38
『メテオール（気象）』Les Météores　119
『燃え上がる炎』Le Feu qui prend　97
『モデラート・カンタービレ』Moderato cantabile　111
『元恋人の絵』Tableaux d'une ex　143
『戻ってきた鏡』Le Miroir qui revient　129
『物乞いたち』Les Mendiants　94
『物の時代』Les Choses　147
『モラヴァジーヌ』Moravagine　40
『森のバルコニー』Un Balcon en forêt　83
『モロイ』Molloy　97, 108

ヤ行

『夜間飛行』Vol de nuit　53
『夜警』La Ronde de nuit　121
『やさしいマリー』Marie Bon Pain　122
『屋根の上の軽騎兵』Le Hussard sur le toit　87
『山師トマ』Thomas l'imposteur　39
『猶予』Le Sursis　74
『夢』Le Songe　53
『緩やかさ』La Lenteur　133
『夜明け』La Naissance du jour　38
『浴室』La Salle de bain　142
『余白の街』La Marge　92
『夜の終り』La Fin de la nuit　46
『夜の果てへの旅』Voyage au bout de la nuit　61, 62, 64
『喜びは永遠に残る』Que ma joie demeure　37

ラ行

『癩者への接吻』Le Baiser au lépreux　46
『リュエイユから遠く離れて』Loin de Rueil　89
『ル・パラス』Le Palace　107
『霊感の丘』La Colline inspirée　15
『レヴィアタン』Léviathan　47
『歴史』Histoire　107
『レ・コミュニスト』Les Communistes　76
『レースを編む女』La Dentellière　123
『レズビアンの体』Le Corps lesbien　132
『レ・マンダラン』Les Mandarins　75
『ロマンス』Romance　146
『ロマン・ロワ』Roman roi　146
『ロル・V・シュタインの歓喜』Le Ravissement de Lol V. Stein　112
『ロンドンの大火事』Le Grand incendie de Londres　151
『ロンドンの夜』La Nuit de Londres 84

ワ行

『若き娘たち』Les Jeunes filles　54
『わが母』Ma mère　91
『私は』Moi je　132
『罠』Le Piège　58

参考文献

概説書

【1】Jean-Pierre de Beaumarchais, David Couty, Alain Rey (dirigé par) : *Dictionnaire des littératures de langue française*, 4 vol., Bordas, 1987.

【2】Madelaine Borgomano, Élisabeth Ravoux Rallo : *La Littérature française du XXe siècle* : 1. *Le Roman et la nouvelle*, Armand Colin, 1995.

【3】Xavier Darcos, Alain Boissinot, Bernard Tartayre : *Le XXe siècle en littérature*, coll. « Perspectives et confrontations », Hachette, 1989.

エッセイ・批評的研究

【4】François Baert, Dominique Viart (éd.) : *La Littérature française contemporaine, question et perspectives*, PU de Leuven, 1993.

【5】Mikhaïl Bakhtine : *Esthétique et théorie du roman*, Gallimard, 1978.

【6】Roland Barthes : *Le Bruissement de la langue*, Seuil, 1984.〔ロラン・バルト『言語のざわめき』, 花輪光訳, みすず書房, 1987 年〕.

【7】Jean-Pierre Bertrand, Michel Biron, Jacques Dubois, Jeannine Paque : *Le Roman célibataire*, Corti, 1996.

【8】Maurice Blanchot : *Faux pas*, Gallimard, 1943.〔モーリス・ブランショ『踏みはずし』, 神戸仁彦訳, 松村書店, 1978 年 ;『踏みはずし』, 粟津則雄訳, 筑摩書房, 1987 年〕.

【9】Maurice Blanchot : *Le Livre à venir*, Gallimard, 1953.〔モーリス・ブランショ『来るべき書物』, 粟津則雄訳, 現代思潮社, 1968 年 ; 改訳新版, 筑摩書房, 1989 年〕.

【10】Maurice Blanchot : *L'Amitié*, Gallimard, 1971.

【11】Michel Butor : *Essais sur le roman*, Gallimard, 1969.

【12】Jacqueline Chénieux : *Le Surréalisme et le roman*, L'Age d'homme, 1983.

【13】Gilles Deleuze, *Proust et les signes*, PUF, 1976.〔ジル・ドゥルーズ『プルーストとシーニュ』, 宇波彰訳, 法政大学出版局, 1977 年〕.

【14】Gérard Genette : *Figure III*, Seuil, 1972.〔ジェラール・ジュネット『物語のディスクール――方法論の試み』, 花輪光／和泉涼一訳, 書肆風の薔薇, 1985 年 ;『フィギュールIII』, 花輪光監訳, 書肆風の薔薇, 1987 年〕.

【15】Lucien Goldmann : *Pour une sociologie du roman*, Gallimard, 1964.〔リュシアン・ゴルドマン『小説社会学』, 川俣晃自訳, 合同出版, 1969 年〕.

【16】Julien Gracq : *En lisant en écrivant*, Corti, 1981.

【17】Milan Kundera : *L'Art du roman*, Gallimard, 1986.〔ミラン・クンデラ『小説の精神』, 金井裕／浅野敏夫訳, 法政大学出版局, 1990 年〕.

【18】Bernard Pingaud : *L'Expérience romanesque*, Gallimard, 1983.

【19】Dominique Rabaté : *Vers une littérature de l'épuisement*, Corti, 1991.
【20】Michel Raimond : *La Crise du roman, des lendemains du Naturalisme aux années vingt*, Corti, 1966.
【21】Jean Ricardou : *Problèmes du nouveau roman*, Seuil, 1967.〔ジャン・リカルドゥー『言葉と小説――ヌーヴォー・ロマンの諸問題』，野村英夫訳，紀伊國屋書店，1969 年〕.
【22】Jean-Pierre Richard : *L'État des choses : études sur huit écrivains d'aujourd'hui*, Gallimard, 1990.
【23】Jean-Pierre Richard : *Terrains de lecture*, Gallimard, 1996.
【24】Alain Robbe-Grillet : *Pour un nouveau roman*, Gallimard, 1963.〔アラン・ロブ=グリエ『新しい小説のために』，平岡篤頼訳，新潮社，1967 年〕.
【25】Tiphaine Samoyault : *Romans-mondes*, thèse de doctorat, 3 vol., Université de Paris 8, 1996.
【26】Nathalie Sarraute : *L'Ère du soupçon*, Gallimard, 1956.〔ナタリー・サロート『不信の時代』，白井浩司訳，紀伊國屋書店，1958 年〕.
【27】Jean-Paul Sartre : *Situation I*, Gallimard, 1947.〔ジャン=ポール・サルトル『シチュアシオン I』，佐藤朔他訳，人文書院，1965 年〕.
【28】Philippe Sollers : *L'Écriture et l'expérience des limites*, Seuil, 1971.
【29】Jean-Yves Tadié : *Le Récit poétique*, PUF, 1978.
【30】Dominique Viart (éd) : *Mémoires du récit*, Lettres Modernes, 1997.

その他

【31】Hans Hartje, Bernard Magné et Jacques Neefs, *Le Cahiers des charges de* La Vie mode d'emploi, CNRS Éditions et Zulma, 1993.

訳者略歴
三ツ堀広一郎（みつぼり・こういちろう）
一九七二年生
早稲田大学大学院文学研究科博士課程満期退学
早稲田大学助教
フランス文学・比較文学専攻

二十世紀フランス小説

二〇〇八年五月一〇日 印刷
二〇〇八年五月三〇日 発行

訳　者 ©三ツ堀広一郎
発行者 川村雅之
印刷所 株式会社平河工業社
発行所 株式会社白水社
東京都千代田区神田小川町三の二四
電話 営業部〇三（三二九一）七八一一
　　 編集部〇三（三二九一）七八二一
振替 〇〇一九〇—五—三三二二八
郵便番号一〇一—〇〇五二
http://www.hakusuisha.co.jp
乱丁・落丁本は、送料小社負担にてお取り替えいたします。

製本：平河工業社
ISBN978-4-560-50924-1
Printed in Japan

文庫クセジュ

語学・文学

28 英文学史
185 スペイン文学史
223 フランスのことわざ
258 文体論
266 音声学
407 ラテン文学史
453 象徴主義
466 英語史
489 フランス詩法
514 記号学
526 言語学
534 フランス語史
538 英文法
579 ラテンアメリカ文学史
598 英語の語彙
618 英語の語源
646 ラブレーとルネサンス
690 文字とコミュニケーション
706 フランス・ロマン主義
711 中世フランス文学
712 意味論
714 十六世紀フランス文学
716 フランス革命の文学
721 ロマン・ノワール
729 モンテーニュとエセー
730 ボードレール
741 幻想文学
753 文体の科学
774 インドの文学
776 超民族語
777 文学史再考
784 イディッシュ語
788 語源学
800 ダンテ
817 ゾラと自然主義
822 英語語源学
829 言語政策とは何か
832 クレオール語
833 レトリック
838 ホメロス
839 比較文学
840 語の選択
843 ラテン語の歴史
846 社会言語学
855 フランス文学の歴史
868 ギリシア文法
873 物語論
901 サンスクリット